AF450418

LA CAJA DEL TIEMPO

ExLibric

LAURA SÁNCHEZ FERNÁNDEZ

LA CAJA DEL TIEMPO

EXLIBRIC

ANTEQUERA 2022

LAURA SÁNCHEZ FERNÁNDEZ

LA CAJA DEL TIEMPO

*A mi madre, por su amor y cuyas historias
inspiraron el decorado de esta novela.*

*A mi marido y mi hijo, por su paciencia
y apoyo incondicionales.*

A mis hermanas, mis mejores amigas.

A mi padre, siempre.

PRIMERA PARTE

1. Irma

Cerré el puño con fuerza, como si las llaves del apartamento se me fueran a escapar: quería retenerlas, hundirlas en mi piel. Los dientes de cada una de ellas se clavaron en mi palma y abrí la mano. Vi que me habían dejado unos profundos surcos rojos, como diminutos serruchos, y me quedé mirando las extrañas marcas. No sentía dolor, todo lo contrario, me invadía una excitación ajena al momento impulsada por la adrenalina que hacía bombear con vigor mi corazón.

Había dejado la maleta en la entrada; toda mi vida estaba ahí empaquetada. La miré. Se veía sola, desamparada en aquel recibidor vacío. Me pareció un reflejo de mí misma en ese instante. No quería sentirme arrastrada por el miedo ni por los pensamientos negativos, así que me alejé de ella. Una sensación de ahogo empezó a subirme desde el vientre. Me mareaba. Abrí las ventanas y me asomé buscando un poco de aire fresco. El olor a pintura de las recientes reformas aún perduraba, aunque sabía que el vértigo que se estaba apoderando de mí no era por esa razón, sino por estar ante el hecho consumado de lo que, hasta ese momento, no había sido más que un plan de fuga.

Con la cabeza algo más despejada entré en el dormitorio. En mi afán por inspeccionar cada rincón de mi nueva vivienda, como un animal husmeando un territorio desconocido, fui directamente a abrir el armario empotrado. Antes de comenzar a ocuparlo con mis pertenencias, marcando la zona como mía, tenía que cerciorarme de que todo estaba limpio y en buen estado. Las puertas se resistieron a despegarse porque acababan de ser barnizadas. Cuando lo conseguí, un suave aroma a lavanda se deslizó desde los entrepaños. Inspiré el olor y las imágenes del arcón de las sábanas en la casa de la abuela vinieron a mi encuentro. Me dejé envolver por ese perfume de mi infancia y me vi aún niña, junto a ella, preparando aquellos saquitos aromáticos con viejas medias que rellenábamos de flores secas de esta planta, traídas en cucuruchos de papel del mercado. Recordé que la abuela, siempre que la ayudaba a hacerlos, me contaba historias de mamá cuando era pequeña.

Ese pensamiento me llevó a la anterior inquilina. El agente inmobiliario me había comentado, en mi primera visita al piso, que era una mujer mayor que se había ido a vivir a una residencia. La imaginé como mi abuela, dejando la lavanda entre su ropa, e instintivamente me despertó cierta ternura.

No quería alejarme de mi cometido de primera inspección y volví al armario. Empecé a abrir uno a uno cada cajón. A medida que lo hacía, el perfume se tornaba más intenso, hasta que llegué al último. En él había una caja metálica, como de galletas. Me quedé mirándola, curiosa por saber qué habría en su interior. Algo me hizo sentir que esa caja estaba ahí esperándome, impaciente por mostrarme su contenido.

Movida por esa extraña intuición, la saqué y quité la tapadera. Dentro encontré dos jabones de lavanda, que desprendían un fuerte olor, algunas fotos en blanco y negro y varios sobres, que supuse cartas viejas. Observé aquellos fragmentos de una vida ajena y sentí cierto pudor, como si estuviese invadiendo su privacidad. Me arrepentí de haberme dejado seducir por aquella vocecita fisgona que me había hecho conjeturar sobre supuestas señales del destino. Así que decidí colocar todo como estaba, con la idea de contactar al agente inmobiliario y que se hiciera cargo de remitirle la caja a su propietaria.

Mientras guardaba las fotografías, me llamó la atención una de ellas: era de una pareja de jóvenes de los años cuarenta o cincuenta. Reían, se veían felices. Resultaba fascinante la idea de imaginar sus vidas, de intentar adivinar si las perspectivas de felicidad que se intuía que tenían en aquel momento llegaron a cumplirse o si, por el contrario, la vida los lastimó con alguno de sus azotes. La cogí y la examiné más de cerca: el muchacho miraba dulcemente a la joven de cabello negro ensortijado. Ella sonreía de forma orgullosa, pero no altanera. Su pelo caía en tirabuzones despeinados, dándole un aspecto algo rebelde para la época.

Miré el reverso de la foto. Encontré dos nombres y una fecha: «Valentina y Mateo, mayo de 1942». Espoleada por una creciente curiosidad, dejé de lado el recato del primer instante y saqué una de las cartas. En el sobre estaba escrito: «Valentina Vargas»; el remitente era Mateo Fonseca. Había una especie de sello o matasellos en el dorso, estaba algo borroso. Me acerqué a la ventana para tener más luz y pude leer: «Cárcel de Porlier».

El sonido del teléfono me sobresaltó; creí que lo había apagado. No quería ver quién llamaba, no me hacía falta, sabía que era *él*. Esa sería la primera llamada de muchas otras a las que ya no estaba dispuesta a responder. Apagué el móvil, intentando silenciar de esa forma mi miedo. Aquello parecía un aviso para no entrometerme en el pasado ajeno y preocuparme de mi presente. Guardé las cartas y las fotos en la caja, la cerré y la coloqué de nuevo en su sitio.

«Mañana compro una SIM. No puedo soportar que me vuelva a llamar, nunca más. Mi vida con *él* ha terminado desde hoy».

★★★

La primera mañana en mi nuevo apartamento me dediqué a las compras. Lo más urgente era hacerme con otra tarjeta telefónica, de la que solo comuniqué mi número al trabajo y a la inmobiliaria. Después fui a por algunos artículos para la casa, lo imprescindible para comenzar. Faltaban muchos detalles para transformar aquellas cuatro paredes en un hogar y quería darme tiempo para ello.

La última parada fue en el supermercado. No tenía nada para comer y todo me resultaba apetecible, así que me dejé llevar, saboreando mi libertad para elegir. Sin proponérmelo, llené el carro, tanto que era demasiado para transportarlo yo sola al piso.

Al llegar a la caja pregunté por el servicio de entrega a domicilio. La cajera me pidió los datos para el envío y después me indicó que me llevarían la compra esa misma mañana. Mientras le daba todas las informaciones, vi que una mujer joven, que acababa de pagar en la caja de al lado, se giró para mirarme. La desconocida continuó observándome a la vez que colocaba las compras en el carrito de bebé que llevaba y en el que dormía un niño de unos dos años. Instantes después, me la encontré frente a la puerta de salida.

—¿Eres la nueva inquilina? —me preguntó sin darme apenas tiempo para reaccionar.

Me sentí incómoda y desvié la mirada sin contestar.

—Perdona, no quería molestarte, pero no pude evitar escuchar cuando le dabas tu dirección a la cajera. Yo también vivo en ese edificio, en el piso debajo del tuyo —dijo mientras empezaba a caminar empujando el carrito del niño.

La observé alejarse unos cuantos metros y al momento grité:

—¡Espera! —Ella se detuvo y se volvió para mirarme. Me acerqué—. ¿Cómo sabes que acabo de alquilar el piso?

Mi vecina sonrió.

—Tranquila, no soy una loca que anda espiando a todo el mundo, pero es que conocía muy bien a la anterior ocupante de tu apartamento.

Y se puso en marcha de nuevo, rumbo hacia el portal. Me coloqué a su altura y la acompañé.

—Me llamo Irma, y el «santito» es Gabriel —dijo mirando al pequeño de cabello rizado.

—Olivia. —No sabía muy bien si añadir algo más y me callé.

—Bienvenida al vecindario, Olivia. Cuenta conmigo para la instalación y si necesitas ayuda, en lo que sea. Será genial tener de nuevo alguien con quien charlar. Parece como si Ángela llevara años en la residencia, y ¡apenas hace un mes que se fue! La verdad es que la echo mucho de menos, era increíble y me ayudó un montón, sobre todo con Gabriel, pero su salud se ha deteriorado bastante últimamente y necesita atención las veinticuatro horas, pobre… —dijo mientras movía la cabeza de un lado a otro, con cierto tono pesaroso.

—¿Ángela? ¿Es la anterior inquilina?

—¡Sí, disculpa! Tengo esa manía de decir en voz alta todo lo que se me pasa por la mente… —Y levantó la mano, como para alejar sus palabras.

—Y… ¿sabes dónde está? Quiero decir que si podrías contactarla.

—¿Tienes algún problema con la casa? Porque ella se fue hace un mes y no creo que te pueda ayudar…

Dudé un poco, quizás no hubiera debido hacerle esa pregunta.

—No es nada —le dije. Pero parecía que Irma estuviese esperando alguna aclaración más—: Es que encontré algo que creo que es suyo y pensé que, si aún tienes contacto con ella, tal vez se lo podrías entregar.

—Tengo por costumbre ir a verla con Gabi dos o tres veces a la semana. Puedo llevárselo sin problema. —Se detuvo y se quedó pensativa. Después, mirándome a los ojos, me lanzó la propuesta—: ¿Sabes qué? Creo que a Ángela le gustaría conocer a la persona que vive ahora en su apartamento. Si quieres podemos ir juntas y tú le llevas lo que has encontrado, ¿te parece?

Aquella proposición me abrumó. Ni siquiera me conocía y ya me estaba invitando a ir con ella a ver a otra desconocida. Me fijé en Irma. Era menuda, de ojos chispeantes. Tenía el pelo cobrizo, más corto del lado derecho que del izquierdo. Su ropa era colorida y desenfadada, como ella. Me sentí sosa y aburrida, con mi aspecto gris, como si ella hubiese acaparado todo el color que nos rodeaba, como si estuviese viva y yo muerta y casi enterrada.

—No sé —dije de forma esquiva.

Habíamos llegado al portal. Mi vecina sacó las llaves. Abrió la puerta y, seguidamente, hizo entrar el cochecito del bebé casi sin maniobras. La seguí, hipnotizada por la agilidad de sus movimientos.

—Bueno —dijo mientras esperaba el ascensor—, piénsatelo, tú decides. Estoy en el piso de abajo para lo que quieras.

Y con un rápido giro de muñeca metió el carrito y su persona dentro de la cabina, que los hizo desaparecer como un prestidigitador haciendo un truco de magia.

★★★

Estuve ocupada casi todo el día ordenando las compras, guardando lo poco que me quedaba por colocar y mirando algunos textos que me habían enviado del trabajo para corregir. Necesitaba sumergirme en la bañera por un buen rato para despejarme y quitarme el cansancio. Mientras me dirigía al baño para prepararlo todo, el timbre de la puerta me sorprendió. No esperaba a nadie, porque nadie sabía de mi paradero. Me acerqué para mirar por la mirilla, cautelosa, sin hacer ruido. Del otro lado reconocí los ojos vivos de Irma, que parecían sonreír sin que nos hubiéramos visto aún. Abrí, intrigada por el motivo de su visita.

—Hola, vecina —me dijo con energía—. Creo que este sobre es para ti. Lo dejaron en mi buzón por error. Deberías poner tu nombre en el tuyo si no quieres verme cada vez que tengas un envío, o dos veces en un mismo día, como hoy —añadió mientras me guiñaba un ojo y soltaba una carcajada que me hizo estremecer por lo inesperado.

Irma era directa, decidida. Hablaba sin pensar demasiado lo que decía, como si su lengua fuese un paso por delante de su mente. La verdad es que me resultaba bastante intimidante.

—Ya veo… Quieres mantener el misterio en torno a tu persona, ese es el motivo por el que eres la única del edificio que deja el buzón sin nombre, solo con el número de la puerta… —continuó diciendo mientras me miraba de forma cómplice.

Cogí el paquete que traía entre sus manos y le di las gracias. Vi que procedía de la agencia inmobiliaria. Seguramente, se trataba de la copia certificada del contrato que el agente me había dicho que me remitirían. Después miré a mi vecina. No sabía muy bien qué hacer, si invitarla a pasar o no.

—Bueno, me voy y te dejo seguir con lo que estuvieras haciendo… —dijo dirigiéndose hacia la escalera.

—Espera, Irma. —Titubeé unos segundos—. ¿Quieres entrar un momento?

—¡Pensé que nunca me lo pedirías!

Y sin que pudiera reaccionar, mi recién estrenada «amiga» se coló en mi apartamento y en mi vida.

Preparé un poco de café y puse unos dulces de los que había comprado por la mañana. Nos sentamos en la cocina a tomarlos mientras charlábamos. Bueno, para ser exactos, ella charlaba. Yo escuchaba pacientemente.

—… Así que se marchó, de eso hace casi dos años. Nos dejó solos. Para mí, la verdad, no fue una sorpresa. Cuando el amor se acaba, se acaba. Así pude conocer a Gonzalo, que es mil veces mejor persona que él y que está loco con Gabi. Pero ¿su hijo?, ¿por qué no ha vuelto a verlo? Nunca más ha querido saber nada de él. Bueno, tomó su decisión, espero que no le pese en el futuro… —Hizo una pausa y después, a bocajarro, me preguntó—: ¿Y tú? ¿Tienes hijos?

—No.

Mi respuesta fue cortante, pero aquello no desanimó a Irma para continuar con su interrogatorio.

—Pero sí tienes un marido…

Quise esconder la mano, pero me di cuenta de que ya era demasiado tarde. Irma miraba con interés la alianza en mi dedo anular. ¿Por qué no me la había quitado? El día anterior, al empezar a desempaquetar, advertí su presencia, recordándome que aún estaba atada a *él*, a ese mundo del que huía. Durante un buen rato intenté sacarla, pero estaba atorada. Me dije que lo haría después, luego volví a la maleta, era tarde… Se me olvidó.

—No te preocupes, no tienes que contarme nada. Hablo demasiado —afirmó Irma.

—Yo estaba… Bueno, estamos separados —dije al fin. Y sentí en mi interior que el nudo que apretaba mi estómago desde hacía un par de meses se cerraba un poco más—. Me fui, la verdad —terminé admitiendo, como si me costara engañar a mi invitada igual que si lo estuviera haciendo conmigo misma. Pero enseguida me callé, arrepentida de haber hablado más de la cuenta con una desconocida.

Sin pensarlo fui al origen de todo aquello, la alianza, y empecé a retorcerme las manos en un vano intento por sacarla de mi dedo de una vez por todas. Irma me observaba con un extraño destello en sus ojos. De pronto, sin que pudiese darme cuenta, mi vecina se abalanzó sobre mí y me abrazó. La aparté bruscamente, sorprendida. No entendía qué era todo aquello.

—Lo siento —dijo separándose con rapidez—. No quería…

Me levanté. No me gustaba que me tocaran, no lo soportaba.

—Será mejor que te vayas —le dije señalando la puerta.

A los pocos segundos, Irma se había marchado de la casa.

★★★

El vaho que se había concentrado en el cuarto de baño después de mi larga inmersión en la bañera había convertido la pieza en una improvisada sauna. Me encontraba mejor, ya no sentía esa sobrecarga en la espalda y había conseguido que los fantasmas que me rondaban se colaran por el desagüe, llevándose, de paso, parte de mi cansancio.

Me acerqué al espejo que estaba encima del lavabo. Con la palma de la mano retiré la capa de agua condensada y dejé un rastro de diminutas gotas que se pegaron a mi imagen reflejada en la luna. Me miré. En conjunto resultaba atractiva; sabía que no tenía una belleza deslumbrante, pero había una armonía en mis desiguales rasgos que daba encanto a mi rostro.

Sonreí. Nunca tuve una sonrisa de anuncio de dentífrico, pero era cálida e «inocentemente seductora», según mi primer novio de la universidad. Mis ojos negros se cerraron un poco siguiendo el movimiento de mi boca al sonreír. Ellos eran lo más atrayente en mi cara y yo no lo ignoraba: grandes, almendrados y con largas pestañas. Me habían dicho que a veces resultaban casi amenazantes, sobre todo cuando me quedaba mirando un punto fijo al azar y ni siquiera parpadeaba. Me ocurría muy a menudo, absorta en mis pensamientos, en mi mundo interior, en el que siempre me refugiaba. En algunas ocasiones, esa mirada perdida se anclaba en una persona, sin verla, ya que ni siquiera era consciente de estar haciéndolo, y la diana de ese ciego vistazo se sentía incómoda, invadida en su privacidad, vigilada, examinada. En cuanto me daba cuenta, bajaba con rapidez los ojos, avergonzada por ello, lo que no impedía que otro día, en otro momento, en el metro o en la sala de espera del médico, volviese a hacerlo.

Me quité la toalla que había enroscado en mi cabeza a modo de turbante y liberé mi cabello, negro también. Estaba cortado en media melena y caía en ondas, revuelto, sobre mis hombros. Lo peiné. Retiré el albornoz para vestirme. Mi cuerpo siempre había sido atlético, pero el estrés de estas últimas semanas me había hecho perder algunos kilos, lo que me hacía ver algo más flaca. No me importaba, seguro que después recuperaría lo perdido. Lo importante era que ahora me sentía ligera, liberada. Era una nueva Olivia la que se miraba reflejada en ese espejo, una aún joven, a pesar de no estar lejos de los cuarenta. Desde pequeña siempre había aparentado menos edad de la que tenía, lo cual fue una pesada carga durante la adolescencia y en los primeros veinte, en que una quiere crecer más rápido de lo que le corresponde. Después lo agradecí.

Me vestí y me apresuré en ir a la cocina para preparar algo de cena. Tenía ganas de tomar una buena sopa, de las «reconstituyentes», como llamábamos papá y yo a la sopa de pollo y zanahorias que él tenía costumbre de preparar cuando estábamos más flojos o alicaídos. El pobre no sabía cocinar cuando nos quedamos solos, pero, con el tiempo, llegó a desenvolverse bastante bien. Extrañaba su manera de canturrear mientras preparaba la comida. ¡Lo echaba tanto de menos!

Agité la cabeza en un intento por espantar la tristeza que me rondaba cada vez que pensaba en él. ¿Cuándo llegaría a hacerlo sin sentirme mal? ¿Algún día lo recordaría sin que doliera tanto? Sabía que aún era muy pronto para ello, apenas habían pasado unos meses desde su muerte. Necesitaba más tiempo para mitigar el dolor de esa herida aún abierta, pero, a veces, creía que nunca lograría calmarlo.

Ahora estaba intentando ser libre, pero me sentía sola y asustada. Siempre había sido una persona solitaria, era mi naturaleza y no me molestaba, pero ser solitaria no era lo mismo que no tener a nadie. Desde que papá murió, no tenía a nadie.

«Quizás debería aceptar, quizás podría darle cabida a Irma en mi nueva vida, no me vendría mal una mano amiga a mi lado». Sabía que no había reaccionado bien a su abrazo; hacía tiempo que no soportaba el contacto físico. «Mañana iré a hablar con ella y me disculparé. Le propondré ir el sábado juntas a ver a la anterior inquilina».

2. Ángela

24 de febrero de 1943

Ayer le anuncié a Mateo la buena nueva, ¡estaba tan feliz! Me cogió y me alzó en vilo como si fuera una pluma. Riéndome le dije que ahora podía hacerlo, que dentro de algunos meses ya no sería tan liviana. Pero él me contestó que siempre estaría allí para levantarme. ¡Mi maquinista! ¡Me siento tan protegida entre sus brazos! Cuando estoy con él no tengo miedo a nada y sé que siempre estará ahí para mí. Bueno, para nosotras, porque intuyo que lo que crece en mi vientre es una niña…

★★★

La residencia se situaba en un barrio exclusivo del extrarradio de Madrid. Era pequeña y estaba rodeada de jardines bien cuidados. Nada más atravesar el pesado portón, tuve la impresión de estar en otro mundo, uno en el que el tiempo pareciese haberse detenido.

Nos recibió un silencio sepulcral; después, las monjas que la regentaban. Una de ellas, desplegando una especie de amabilidad estereotipada, tomó nota de a quién íbamos a visitar. Acto seguido nos acompañó hasta la habitación. Cuando llegamos, antes de marcharse, le hizo carantoñas a Gabriel, provocando un gritito de alegría en el pequeño, digno heredero de su escandalosa madre. Después se despidió de nosotros, mostrando una de esas sonrisas un tanto condescendientes que, seguramente, acostumbraba a usar con los ancianos que cuidaba. Irma golpeó con los nudillos en la puerta para anunciar nuestra presencia, y el sonido que produjo su llamada me devolvió al presente. Una voz susurrante nos invitó a pasar.

En cuanto entramos en la estancia, sentí de nuevo ese suave aroma a lavanda. Junto a la ventana, una pequeña mujer, de en torno a los ochenta años, de cabello cano y dulce sonrisa, estaba sentada en un mullido sillón delante de una pequeña mesa redonda. Tenía un libro entre las manos. Retiró las gafas de lectura y nos hizo pasar. Cuando el pequeño vio a la anciana, sus grititos de alegría no se hicieron esperar. Ángela sonrió, se notaba que adoraba a ese niño. Irma lo sacó de la sillita y se lo puso en el regazo. Ambos se abrazaron y rieron.

Me sentí ajena a aquella escena. Por un momento me pregunté qué pintaba allí. Miré curiosa todo a mi alrededor. No había muchos muebles: una cama, dos sillones, la mesa de la ventana y algunos estantes. Lo que sí había en grandes cantidades eran libros, esparcidos un poco por todas partes, lo que daba a la habitación un acogedor aspecto de biblioteca. Se oía una apacible música de piano proveniente de un pequeño altavoz. La brisa de aquella tarde de otoño empujaba hacia la estancia los trinos de los pájaros, que parecían armonizarse con los acordes de la sonata de Chopin. Inspiré el aire fresco mezclado con la lavanda y me relajé. Había un aura especial en aquel lugar que me hizo sentir bien.

Después de los efusivos saludos, Irma tomó de nuevo al niño y pasó a las presentaciones.

—Ángela, mira, te hemos traído a Olivia, la nueva inquilina de tu casa —dijo empujándome hacia la mujer.

—Ven aquí, querida. Mis ojos no son lo que eran y ya no veo demasiado bien. —Tenía un ligero acento extranjero, de algún país latinoamericano.

Me puso a la luz de la ventana y me observó con cuidado. Me sentí escrutada en mi camisa blanca y mi pantalón vaquero. Pensé que de haberlo sabido me hubiera dejado el pelo suelto para tener una imagen algo más fresca.

—¡Cuánto me alegro de conocerte, Olivia! Siempre he pensado que las casas guardan algo de sus habitantes. Yo viví en el que ahora es tu piso durante los últimos quince años. Imagino que hay mucho de mi espíritu por ahí. —Y me sonrió a la vez que me tomó de las manos.

Estuve a punto de retirarlas, pero al mirar a aquella anciana con esa dulzura me reprimí. Ángela me invitó a sentarme a su lado y me soltó. Creo que percibió mi incomodidad.

—Y dime, ¿qué tal te encuentras en la casa? Espero que la hayan refrescado un poco, la verdad es que lo necesitaba…

—El propietario hizo algunas reformas y la pintó —respondió Irma antes de que yo acertara a abrir la boca.

—¡Cállate un poco, Irma! —dijo con suavidad—. Deja hablar a los demás. Quiero escuchar a mi nueva visitante.

—Bueno, solo llevo tres días viviendo allí y aún me quedan muchas cosas por hacer, pero me gusta la casa —dije—. Me siento bien en ella. Y me encanta el aroma a lavanda.

Ángela bajó los ojos y sonrió.

—Me alegro. Espero que seas muy feliz en ella. Yo lo fui.

—Por cierto, Olivia te ha traído algo que encontró en el armario. Es una caja con fotos y cartas viejas. Parece que son de tus padres, Ángela.

Bajé la vista un tanto incómoda. Le había dicho a mi vecina lo que había encontrado al abrir la caja, pero nunca pensé que sería tan indiscreta como para decírselo a la propietaria del objeto.

—¡Querida!, ¿encontraste mi caja del tiempo? Creí haberla entregado, por error, con el resto de las cosas que doné o de las que me deshice antes de entrar aquí, y estaba triste por ello. ¡No sabes la alegría que me da que no se haya perdido! Acércamela, por favor —me indicó con un movimiento de mano.

Se la entregué y la abrió de inmediato. Enseguida tomó las fotografías. Sacó una de abajo y nos la enseñó mientras nos explicaba quién era cada uno de los retratados.

—Este era mi padre, Mateo. Era maquinista de tren. Mi madre, Valentina, todo un carácter. Tú me la recuerdas mucho, Olivia. —Y me miró sonriendo—. La pequeña entre sus piernas soy yo. Debía de tener dos o tres años, sería por el año 1945 o 1946.

Irma y yo estábamos fascinadas por la fotografía de color sepia. Se los veía a los tres en un puerto, aquello no podía ser Madrid.

—¿Dónde está tomada? —pregunté, e inmediatamente me avergoncé de haber sido tan curiosa.

—En el Puerto Nuevo, en Buenos Aires —me respondió Ángela mientras me ponía la mano en la rodilla, como si quisiera reconfortarme por mi osadía—. Mi familia y yo vivimos allá cerca de veinte años. De hecho, papá murió en la Argentina. Está sepultado en el cementerio de la Recoleta de la capital. ¡Ese sí que es un lindo lugar para reposar! —Cerró los ojos y pensé que, seguramente, estaría recorriendo con su memoria lugares de aquella tierra tan lejana para mí—. Fueron buenos tiempos los que vivimos los tres juntos en nuestra casa de San Telmo. Aún la extraño. Los extraño a ellos. —Y se calló.

—Ángela volvió a España para estudiar en los años sesenta. Es una de las primeras mujeres en ser jueza en este país —comentó Irma con orgullo.

—Vamos, muchacha, deja de presumir de mí como si fueras mi abuela.

Y nos echamos a reír. El pequeño Gabriel se unió a nuestras carcajadas con sus sonoros grititos de alegría.

—¿De quién son las cartas? —pregunté en aquel ambiente distendido.

—Algunas son de mi madre, otras de mi padre para ella, otras son mías… Si aún tuviera tiempo, las usaría de fuente de inspiración para una novela. Y no solo hay cartas —dijo rebuscando en la caja—, también hay unos diarios de mi madre, cuadernillos que escribió poco antes de marcharnos a América. La verdad es que hay mucho que contar de la época en que nací y de cuando nos fuimos de España. Pero ya no me queda tiempo para esas cosas, solo lo tengo para los buenos recuerdos.

—¿Sabes, Olivia? Ángela tiene montones de historias familiares muy interesantes. Deberías haberte quedado con esa caja, seguro que tiene jugosas lecturas —me dijo Irma guiñándome un ojo.

—Algún día te contaré la historia de mi madre, Valentina, querida Olivia. Le tocó vivir un período difícil que marcó su vida para siempre…

De pronto se quedó callada. Una mueca de dolor atravesó su rostro.

—Bueno, vamos a dejarlo por hoy —dijo Irma levantándose para marcharse y colocando de nuevo al niño en la sillita.

—Os agradezco muchísimo la visita y haberme traído a este diablillo risueño que me alegra la vista y el corazón.

Ángela se veía fatigada. Nos despedimos de ella para dejarla descansar. Cuando íbamos a salir, la anciana tomó de nuevo mi mano y me dijo:

—Querida, vuelve con ellos. Te estaré esperando. Gracias por mi caja del tiempo y gracias por traérmelos antes de lo previsto. —Y miró con ternura a Irma y al pequeño Gabriel.

Mientras Ángela cerraba los ojos, sentí que el perfume de la lavanda se hacía más intenso. Irma me contó, cuando salimos, que la anciana mujer aguantaba cada vez menos tiempo despierta y lúcida sin la morfina, porque su dolor iba en aumento y no podían hacer nada más por aliviarla, lo que me entristeció sobremanera porque había sentido una conexión especial con ella, a pesar de que, una hora antes, era una perfecta desconocida para mí.

3. Olivia

Había pasado más de un mes desde mi fuga y empezaba a sentirme otra persona. Tenía que reconocer que Irma me había ayudado mucho, y mi trabajo nuevo también. Y, por supuesto, la instalación, ir tomando poco a poco posesión del apartamento, eligiendo cada pequeño mueble, cada mínima decoración, dejando mi huella, marcando mi espacio. Me reconocía en esas paredes y me sentía bien, en casa.

Había instaurado una especie de rutina que hacía que el tiempo pasase volando: por las mañanas, trabajaba preparando textos, redactando y corrigiendo, sin moverme de mi salón; después solía almorzar ligero, y sobre las cuatro o cuatro y media mi vecina venía a buscarme. Irma trabajaba hasta las tres y, cuando salía, recogía a su hijo de la guardería, comía y tras la siesta del niño llamaba a mi puerta. Entonces íbamos a pasear al parque con el pequeño Gabriel o a tomar un café. A veces salíamos de compras, si Gonzalo volvía pronto y se quedaba con el crío.

Me había acostumbrado a esos encuentros y cada vez estaba más a gusto con mi nueva amiga, al igual que con Ángela. Las dos me hacían sentir bien, sentirme querida. La última vez que estuvimos juntas, un par de días atrás, no paramos de reír con las ocurrencias de Irma y las regañinas de Ángela, siempre cariñosas y divertidas. Cuando íbamos a marcharnos, la antigua jueza me dio un sobre en el que estaba escrito: «MAMÁ». Eran los diarios de Valentina.

Me sentí abrumada y sorprendida. Aquella anciana mujer, a la que había empezado a querer casi como una madre, me entregaba algo muy personal. Su gesto me conmovió. Lamenté haberla encontrado tan tarde, sin apenas tiempo para disfrutar de ella.

Al salir de la residencia ese día, Irma me propuso ir a la nueva pizzería que habían abierto cerca de casa. Gonzalo iba a volver más tarde del trabajo y podíamos esperarlo allí. Llegamos al local, que estaba bastante lleno, encontramos una mesa y nos instalamos.

Elegimos un par de *pizzas* e insistí en invitar. Después de una gran disputa —con Irma todo era siempre a lo grande—, pagué e hice el pedido a mi nombre. Instantes después, mi amiga recibió una llamada de su novio. Ya estaba en camino.

Cada vez entraba más gente y el ruido iba en aumento. Cuando el encargo estaba preparado, llamaban al cliente por un micrófono y la voz retumbaba como si estuviésemos en una cueva. Miraba la cabeza rizada del pequeño Gabriel, dormitando en el cochecito, y me parecía increíble que no se hubiese despertado con tanto jaleo.

La voz de la caverna gorgoteó mi nombre. Me fui a recoger las *pizzas* y cuando volví a la mesa, Gonzalo ya estaba allí. Se levantó para ayudarme con los platos y luego me rodeó por el hombro y me dio un par de besos.

Me ruboricé. Ya no tenía esa aprensión a que los demás me tocasen, pero todavía estaba lejos de acostumbrarme a ello. Gonzalo me mantuvo abrazada mientras me medio gritaba al oído que iba a por unas cervezas. Entonces una voz femenina a mi espalda me llamó:

—¡Olivia Moreno! Escuché tu nombre, pero no pensé que fueras tú. ¡No puedo creerlo! ¿Qué haces aquí? ¡Casi no te reconocí!

Me deshice inmediatamente del abrazo de Gonzalo y mudé de expresión en cuanto vi a la mujer.

—Hola, Marina —respondí fríamente.

—Bueno, ¿cómo estás? Todos nos preguntábamos qué había pasado contigo. Desapareciste del colegio de la noche a la mañana. Creímos que te había ocurrido algo…

Podía oler el jugoso aroma a cotilleo. Al día siguiente ya lo sabría todo el grupo de profesores. Yo nunca participé de ese círculo, lo mío me había costado mantenerme al margen y tenerlos apartados de mi vida. Ahora, esa repentina aparición era una bofetada de mi antigua realidad, como si todo lo vivido durante esas semanas hubiera sido solo un paréntesis.

—No me pasó nada. Solo cambié de trabajo, eso es todo —expliqué, intentando mantener la distancia.

—Me alegro, entonces, de que esa sea la razón. Y me alegro también de verte así, tan… distinta…

—Gracias —dije cortante, dando por terminada la conversación.

Mientras se alejaba, me senté. Comencé a mover las piernas de manera nerviosa. Me costaba respirar.

—¿Qué pasa? ¿Quién es esa mujer? Te cambió la expresión cuando la viste.

—Es…, era una compañera de trabajo —contesté a Irma aún alterada.

—Bueno, pero ¿por qué te pones en ese estado?

—¡Irma, tú no lo entiendes! Yo he huido de mi pasado, he dejado atrás todo para escapar. Y ahora aparece esa Marina de la nada, como si nunca me hubiese ido. ¿Y si *él* también me encuentra?

—Bueno, esa tal Marina te ha visto, ¿y qué? No sabe dónde vives, no sabe nada, y no va a ir a contárselo a *él*. Ha sido solo una coincidencia. Estás a salvo, ¡cálmate, mujer! —contestó, intentando serenarme.

Irma tenía razón. Mi miedo irracional me hacía ver peligros por todas partes. Inhalé y exhalé con fuerza, intentando llenar de aire mis pulmones y aclarar las ideas. Mi amiga hacía lo que podía por tranquilizarme, a pesar de saber poco o nada de mi anterior vida. Y la culpa era mía, aún no le había contado más que retazos sobre *él* y nada sobre el mundo del que escapaba.

Bajé los ojos hacia el cochecito de Gabriel. Irma había dejado en la cesta portaobjetos, debajo de la sillita, el sobre con los diarios de Valentina. Por un momento deseé estar en casa y empezar a leer aquellos cuadernos. Sabía que si Ángela me los había dado era con una finalidad, ella nunca hacía las cosas de forma impulsiva. Seguro que estaba buscando ayudarme, al igual que Irma… Pensar eso me hizo darme cuenta de lo injusta que estaba siendo con mi amiga.

—Perdóname —le dije con sinceridad.

—Bah, no digas tonterías. —Y con un empujoncito cariñoso me dio un pedazo de *pizza* y se cogió otro para ella.

Gonzalo apareció con las cervezas. Ya nos habíamos olvidado de él.

—¿Qué pasa? ¿Habéis empezado sin mí? Si me descuido, me dejáis sin *pizza*…

Las dos nos echamos a reír.

SEGUNDA PARTE

1. Valentina

10 de agosto de 1943

Miro una y otra vez la fotografía que tengo en el bolsillo. Cada vez que lo hago, pienso en el día en que vi a Mateo por primera vez, el día en que supe que pasaría el resto de mi vida con él. Tengo grabada la primera frase que me dijo, palabra por palabra: «Disculpe que la moleste, señorita, pero viéndola en este local, me atrevo a pensar que es usted costurera y…». No pudo terminarla porque me volví a mirarlo. Estaba ofendida de que alguien me llamara costurera. Yo era modista, que para eso había hecho estudios, y era una de las mejores. Recuerdo que cuando me giré para contestarle, él se puso colorado. Me resultó gracioso ver a aquel hombre tan fuerte intimidado por mí. Después me confesó que siempre que lo miro siente el mismo vértigo que esa mañana en la mercería, que le es imposible no ahogarse en mis ojos porque está convencido de que soy la única persona capaz de ver su alma desnuda. Fue su vulnerabilidad hacia mí, su imposibilidad para ocultarme su yo más íntimo, lo que hizo que me enamorase de él perdidamente.

Y ahora no está a mi lado. ¿Y si no volviera a verlo? ¿Y si el bebé no llega nunca a conocer a su padre? Me muero de angustia solo de pensarlo. ¡Ojalá estuviera aquí conmigo! No puedo transmitir esta tristeza a la niña. Tengo que ser fuerte por ella, por mi maquinista y por mí. Pero ¿cómo serlo? He usado casi todos los ahorros en sobornos, intentando sacarlo de donde está o, al menos, aligerar su pena, pero no he conseguido más que empobrecerme. Todo el dinero que tanto nos costó reunir para la niña, para que no le falte de nada, todo tirado a la basura, regalado a esos perros sin corazón que tienden la mano y te dan un mordisco.

Estoy cansada y sigo trabajando. Ayer sentí de nuevo una punzada que endureció mi vientre. Sabía que era una contracción, estos últimos días ya he tenido más. Acaricié mi barriga con dulzura para convencer a la niña de no tener prisa por salir, aún no, que necesito más tiempo, el necesario para traer a su padre a casa. Fui hacia la máquina de coser con paso tambaleante. Mis piernas flaqueaban por la fatiga de las últimas semanas. Me senté a coser y el traqueteo sirvió para dormir a la pequeña, ya que mi vientre se relajó.

¡No salgas aún, niña mía! ¡Dame un poco más de tiempo!

Pasaron varios días hasta que por fin me decidí a empezar a leer el diario que Ángela me había dado de su madre. Me costó un poco comenzar su lectura porque imaginaba que lo que iba a encontrar en él no era una historia feliz. Presentía que mi nueva amiga me lo había entregado por algún motivo y que esa razón estaba ligada al pasado del que buscaba alejarme. No podría explicar por qué, pero desde el momento en que la conocí, supe que ella intuía que me había escapado y de qué huía. Era una locura, yo a veces así lo creía, pero sentí que aquella anciana mujer era capaz de ir más allá, de leer entre líneas, de interpretar a las personas. Probablemente, era debido a su anterior vida como jueza, al continuo contacto con lo peor del género humano, que le había permitido desarrollar una extraña habilidad para escuchar de los otros lo que callaban. Eso, sumado a su gran sensibilidad y a sus capacidades de deducción, le ayudaba a hacerse una idea bastante aproximada de las verdaderas razones o intenciones que tenían quienes la rodeaban.

Una de las pocas tardes en las que Irma y yo no nos íbamos a ver, saqué el sobre con los cuadernos de Valentina. Dudé antes de empezar a leerlos. Fui a la cocina, me preparé una infusión y, al volver, con mi taza en las manos, comencé su lectura.

Desde un principio sentí como mías todas sus palabras. Las primeras páginas hablaban de los recuerdos de la Guerra Civil, que había acabado unos años antes; de sus padres y de su hermano, más joven que ella, muertos todos en uno de los últimos bombardeos a la capital; de lo duro que fue volver a su vida y a su trabajo en la casa de costura cuando, durante más de un año, su único deseo había sido estar muerta y enterrada con los suyos. Pero era una superviviente y la vida continuaba. Tenía que seguir adelante.

Al igual que ella, yo también había perdido a mis padres: mi madre murió cuando yo tenía dos años, de una leucemia, y mi padre hacía dos meses. Y sí, la vida continuaba, pero quizás yo no tenía el coraje de Valentina. Cada una de esas pérdidas me había marcado, a cuál peor.

Pero no quería pensar tanto en mí y en mi vida, deseaba olvidarme, alejarme del lastre que me hacía sentir una víctima de todo y de todos. Deseaba inmiscuirme, ávida de curiosidad, en la historia de otra persona, me reconfortaba, y Valentina me resultaba casi un personaje de ficción. La imaginaba como en una película antigua en blanco y negro, quizás por las fotos que su hija me había enseñado. La veía orgullosa y algo descarada, porque la vida la había hecho depender de sí misma desde muy joven. La guerra, que la dejó sin nada ni nadie, hundió al país en la más absoluta de las miserias. En aquella España famélica, tuvo que tirar de esfuerzo e ingenio para salir adelante ella sola. Era astuta y desenvuelta, además de muy buena en su oficio de modista: las clientas siempre pedían a su patrona que ella les tomara las medidas y cortara sus ropas.

Continué con la lectura del diario y me encontré con una Valentina enamorada que contaba cómo se conocieron Mateo y ella. Yo, con mi proyección mental, seguía visionando sus encuentros, sus diálogos, como la amiga y confidente que ve crecer la relación. Mi «protagonista» relataba que todo fue muy rápido: eran jóvenes, estaban solos y se querían. Y después de haber vivido una guerra, se dijeron que esperar era perder el tiempo. Sentían que estaban hechos el uno para el otro, lo que los decidió a dar el paso, y a los seis meses se casaron. Eso me hizo recordar el momento en que conocí a mi marido, lo entusiasmada y feliz que estaba pensando que había encontrado al hombre perfecto. También nos casamos al poco tiempo de conocernos… Pero no, no iba a malgastar algo de mi tiempo recordándolo a *él*, aunque fuese solo un minuto. Volví a los cuadernos para alejarme de mis fantasmas, siempre dispuestos a resurgir.

Valentina contaba detalles sobre la casa en la que se instalaron tras la boda, la misma en la que vivieron hasta que se marcharon a Buenos Aires. Era un piso que rentaron en la calle de Granada, entre las paradas de metro de Pacífico y Menéndez Pelayo de la línea uno, la que llegaba hasta la estación de Atocha, donde trabajaba su «maquinista», que fue como empezó a llamar a Mateo. Convinieron que ella cosería en el domicilio, sin depender de nadie, porque ya tenía un buen número de clientas fijas y el boca a boca le había ido trayendo más. Y a pesar de la escasez generalizada, el salario de Mateo y las ganancias de Valentina les permitían vivir con cierta holgura y plantearse tener una familia.

El apartamento es pequeño, pero para nosotros es un palacio, porque es nuestro. Los vecinos son personas honradas y trabajadoras, como Mateo y yo. Nuestro piso tiene dos habitaciones y un aseo, más que suficiente para una pareja. Cuando tengamos hijos, Mateo quiere cambiarse a uno más grande. Yo le digo que vayamos paso a paso, que aún hay tiempo, pero él ya se ve rodeado de chiquillos.

El edificio es de los años treinta, pero está como nuevo. Hay un ascensor, aunque solo de subida, y tiene unos sótanos que se usaron como refugios antiaéreos durante la guerra y que ahora son el paraíso de los más pequeños.

Precisamente ellos, los críos, son los reyes del lugar. Corretean por los interminables pasillos y juegan a las tabas y a la cuerda. La verdad es que se hace vida social en las zonas comunes; algunos vecinos sacan las sillas a la fresca, en las jornadas más calurosas, dejando las puertas de las casas abiertas para crear una corriente de aire y así aligerar el bochorno que hay dentro de las pequeñas piezas.

A Mateo le gusta el griterío de los niños en los corredores y descansillos. Cuando sale a la puerta a charlar con don Aurelio, el profesor, nuestro vecino, se ríe cuando este les regaña por los chillidos. Siempre me está diciendo que algún día oirá también los de los nuestros jugando al escondite con los otros chicos o pidiéndole permiso para salir a la calle a comprar unos pocos céntimos de pipas.

Uno de sus mayores deseos es tener una gran familia.

Cuando leí en el diario la noticia del embarazo de Valentina, me imaginé toda la dicha que ella contaba que los embargó. La felicidad de Mateo cuando supo la buena nueva fue inmensa. Vibré de emoción ante la escena de alegría de los futuros padres y pensé en Ángela, en lo querida que había sido ya antes de su llegada, ¡tan deseada! Me acordé de papá, de lo dulce y cariñoso que fue conmigo, haciendo de padre y madre a la vez, sin una queja, siempre a mi lado. Pensé en lo duro que debió de ser para él perder a mamá, no solo por el hecho de quedarse solo con una niña de apenas dos años, sino por resignarse a no tener a su compañera de vida.

A medida que me iba adentrando en la lectura de esos cuadernillos, veía cómo algunos de los sentimientos dormidos o que había mantenido tapados expresamente porque arañaban como cuchillas las capas más ocultas de mi alma se iban despertando. Era una sensación extraña, dolorosa, pero a la vez reconfortante; como volver a casa después de mucho tiempo y encontrar que todo sigue igual, pero que tú ya no eres la misma persona. No podía explicarlo. Algo estaba cambiando dentro de mí y me asustaba. Quise alejarme de la lectura del diario porque tenía miedo de no saber manejar esa situación, pero estaba totalmente enganchada a esa historia y necesitaba saber más.

2 de agosto de 1943

Estoy muerta de angustia, a Mateo se lo han llevado preso. Me dicen que lo van a encerrar dos años en la cárcel por apoyar el comunismo. Lo acusan de «haber vendido lotería para un grupo de masones subversivos y socialistas». Yo no entiendo nada de todo eso, pero estoy convencida de que es mentira. Lo único que mi maquinista ha hecho ha sido ayudar al «cartero», ese compañero suyo del pueblo de su familia, a vender boletos de una rifa de caridad para una asociación. La gente acude a menudo a él porque siempre está dispuesto a echar una mano. Y ahora está en prisión. ¡Ay, Dios mío! ¡¿Qué voy a hacer sin él?!

Las siguientes páginas contaban la desesperación de Valentina, sus infructuosos intentos de sacar a Mateo de prisión, que se llevaron todo el dinero que tanto les había costado ahorrar para la pequeña. Los costosos e inútiles sobornos que solo hicieron que se paseara de un lado a otro, sin poder visitar a su maquinista, que era trasladado de prisión en prisión, y sin la certeza de una mínima condena. Todo eso hizo que el parto se le adelantara y que perdiera mucha sangre, lo que la dejó debilitada. Al volver a casa, la señora Juliana, la mujer de don Aurelio, se ocupó de las dos lo que pudo, porque ella también tenía cuatro bocas que alimentar. Valentina se recuperó un poco; sin embargo, las fuerzas no le daban para ocuparse de la niña y trabajar. Relataba el sufrimiento en su ir y venir, yendo a todas las casas de las clientas que le debían dinero para reclamarlo; algunas pagaron, pero la mayoría le dio largas y le dijo que no lo haría hasta que hubiese terminado el resto de los encargos pendientes. A pesar de las promesas de Valentina, de sus súplicas y explicaciones, aquella gente «de bien» cerró los oídos y sus puertas ante las solicitudes de la joven madre.

2 de octubre de 1943

La niña ya tiene mes y medio y sigue siendo tan pequeñita que a veces creo que va a desaparecer. Desde hace dos días está con fiebre y no consigo bajarle la temperatura. En el hospital me han dicho que está desnutrida. ¿Y cómo no?, si yo misma apenas he probado bocado en días. El médico dice que si no puedo amamantarla, tendré que comprarle leche de fórmula. ¡Como si pudiera encontrarla y pagarla!

Vivía la angustia de una Valentina impotente ante su miseria y su mala fortuna: sola, asustada, enferma, sin nadie a quien poder acudir y en un pulso contra la muerte, que la rondaba intentando llevarse a su bebé.

3 de octubre de 1943

El llanto de la niña ha continuado toda la tarde y bien entrada la noche, hasta que ya no he podido soportarlo. Entonces le he pedido a la señora Juliana que cuidase de Angelita un rato, que iba a buscar un remedio para la cría, y me he ido a ver a don Gervasio, el estraperlista.

No tengo dinero, ni marido, ni nada ni nadie para poder pagar a ese maldito, capaz de chuparle la sangre a un vampiro. En sus ojos se lee la codicia, y su falta de escrúpulos es sabida por todos en el vecindario. Siempre que se cruza conmigo, me saluda con una de esas miradas de pez, como yo las llamo, porque se quedan pegadas a mi piel como las escamas y me dan ganas de lavarme al llegar a casa, solo para quitármelas. Pero ahora todo me da igual, la vida ya no tiene ni pies ni cabeza y haré lo que haga falta por mi hija. Mateo lo entenderá cuando vuelva. Es un poco terco, pero con un corazón como una plaza de toros. Lo primero es salvar a mi Angelita, el resto ya se verá.

2. Confidencias

15 de octubre de 1943

Angelita parece que está mejor, la fiebre ha bajado y ya casi no llora. Desde que empezó a tomar leche, todo ha cambiado. Menos mal que pude llegar a tiempo, un poco más y no sé qué habría pasado con ella. Cualquier sacrificio es poco por la felicidad de verla sana. Pero me he metido yo sola en la boca del lobo y no sé cómo voy a poder salir de ahí…

Don Gervasio me propuso un trato la otra noche, cuando fui a verlo: él me daba la leche suficiente para un par de meses y yo, a cambio, tenía que pagarle una cantidad que ya sabía él, y de sobra, que jamás podría obtener. Cuando leyó la sorpresa en mis ojos, se acercó a centímetros de mí, tan cerca que sentí su aliento en mis mejillas, y pasándome el dedo índice sobre los labios me dijo que si no podía juntar esa suma, ya buscaría él la manera de cobrársela, dejándome muy claras sus intenciones. Me dio dos semanas para ello.

Acepté la leche con la esperanza de encontrar una solución, pero no ha sido así. He ido a diestro y siniestro pidiendo préstamos, ayudas, exigiendo el pago de mis deudas. He trabajado día y noche, a pesar de mi debilidad. Quería terminar todos los pedidos y comenzar otros nuevos para obtener algo más de dinero, pero ya no me quedan más que dos días y estoy desesperada. Solo he podido reunir dos tercios de lo que le debo. Si dependiera de mí, me suicidaría antes de que ese animal me ponga un dedo encima, pero está la niña, y solo me tiene a mí, a su madre. Tengo que seguir intentándolo hasta mi último aliento.

★★★

La lectura de aquellas hojas me había atrapado por completo. Sentía en mí cada frase escrita por Valentina porque era fácil identificarse en el dolor ajeno a pesar de que nuestras historias no fuesen iguales. Pero sí que lo eran nuestros sentimientos: compartíamos el miedo y la soledad. Esa mujer luchó como pudo por sacar adelante a los suyos en un mundo devastado y por el camino perdió su dignidad, su orgullo; yo los había perdido tantas veces a causa de *él…* No hacía falta tener que vivir las mismas experiencias para sentirse aterrada, aniquilada, desesperada.

Pero, por raro que pudiese parecer, poco a poco mi angustia se iba diluyendo. Empezaba a darme cuenta de que, en realidad, Valentina, a pesar de haber batallado, no tuvo muchas opciones para poder salir de aquella situación, pero yo sí las tenía. Aún era solo un borrador, una idea imprecisa que iba empezando a tomar forma en mi interior y que pugnaba por salir, aunque yo no la dejaba, la asfixiaba. Me negaba a aceptar que no hubiese hecho todo lo posible a mi alcance.

Bajé los ojos hacia los cuadernillos. No podía afrontar por el momento un descubrimiento tan abrumador. Necesitaba más tiempo. Así es que preferí ocultarme en la lectura del diario de la madre de Ángela y aferrarme a mi desgracia de ser una víctima.

18 de octubre de 1943

No he podido reunir todo el dinero y sé que don Gervasio vendrá a cobrar su deuda, así que he decidido coger a la niña y escapar. Los únicos parientes que me quedan son unos primos de mi madre que viven en un pueblo de Ávila; he pensado ir allí, alejarme de Madrid, alejarme de él, pero también de mi maquinista. Tengo preparado un bolso con lo más necesario.

Estaba a punto de marcharme y el estraperlista ha llamado a casa. No he abierto, me he quedado petrificada de miedo, y él ha empezado a golpear la puerta con furia. Gritaba como un desaforado y algunos vecinos han salido a intentar calmarlo. Al final, entre unos cuantos han conseguido que se fuera.

Tengo que huir. Pero ¿cómo? Don Gervasio, seguramente, ha apostado algunos de sus hombres para que vigilen el portal. Esperaré toda la noche y mañana por la mañana intentaré salir del edificio y correr calle abajo hacia la boca del metro, con Angelita en brazos.

19 de octubre de 1943

En el instante en que estaba a punto de bajar las escaleras del metro, dos hombres malencarados y con escasos modales me han agarrado por los brazos y me han quitado a la niña. Uno de ellos, con cierta sorna, me ha dicho que avise a la policía si me atrevo, que de nada me va a servir, y que si quiero volver ver a mi hija ya sé dónde buscarla. He gritado, pedido socorro, llorado. Nada ha servido, nadie ha podido o ha querido ayudarme y se la han llevado.

He vuelto a casa, desesperada, intentando encontrar una solución, pero no la hay. Me he puesto a escribir en este diario para intentar calmarme y ver más claro, pero la situación es la que es: dependo de ese malnacido. Voy a ir a verlo con todo el dinero que tengo, más el camafeo, mi única joya, el regalo que me dio Mateo cuando nos comprometimos. Espero con ello poder cubrir mi deuda. Si no es así, que Dios nos ampare a la niña y a mí.

El sonido del timbre de la puerta me hizo volver a la realidad. Miré el reloj: era la hora en la que Irma solía venir a buscarme para nuestro paseo. El día anterior me había propuesto salir de compras las dos solas porque Gonzalo llegaría pronto y podía quedarse a cargo de Gabriel. Me acerqué a la mirilla y allí encontré los chispeantes ojos de mi amiga.

—¿Pero aún estás así, sin vestir? —me increpó Irma en cuanto abrí—. ¡Vamos!, ¿a qué esperas? ¡Que sabes que hoy tengo que volver antes porque Gonzalo tiene cena con los del trabajo! Espero que no lo hayas olvidado, ¡que te vas a quedar a cargo de Gabriel!

Balbuceé una disculpa y fui a cambiarme de ropa. Desde la habitación, le aseguré a Irma que no se preocupara, que claro que recordaba su cita y mi compromiso para cuidar del pequeño, aunque lo cierto era que había estado tan enfrascada en la lectura de los diarios de Valentina que había borrado el resto de mi memoria.

—¡Oli! —me gritó Irma desde el salón—. Mañana podemos ir a ver a Ángela, si quieres. Me ha pedido que vaya a retirar unos documentos para su abogado. Será estupendo juntarnos otra vez las tres. Hay tan buena onda en nuestras reuniones… —Se quedó en silencio un instante, y me asomé ya preparada—. ¡Ya estás aquí! Fenomenal, vamos a divertirnos.

Y agarrándome del brazo, me empujó fuera del apartamento con tal rapidez que apenas pude coger el bolso al vuelo del perchero.

★★★

Habíamos recorrido todas las tiendas del centro comercial, probándonos todo lo que encontramos por el camino. Irma se había autoimpuesto la ardua tarea de cambiar mi aburrido *look*. Después de un par de horas de entrar en diferentes comercios, nos sentamos, rendidas, en una terraza a tomar un café.

—Dime, Oli, ¿has empezado a leer los diarios que te dio Ángela? —Irma no pudo reprimir su curiosidad.

—Sí. De hecho, ese es el motivo por el cual hoy no estaba lista cuando viniste a buscarme.

—¿Hasta ese punto son interesantes? Sé que la madre de Ángela lo pasó mal cuando ella era muy pequeña, una vez me comentó algo, pero es un tema del que nunca ha hablado mucho, al menos conmigo. Me extrañó que te lo mencionara la primera vez, cuando os conocisteis, y mucho más que te haya dado esos cuadernillos de Valentina —me dijo con lo que me pareció un cierto tono de envidia hacia mí o de reproche hacia su vieja amiga.

—Creo que Ángela quiso dármelos porque en el momento en que la conocí pudo leer en mí. Sin que yo pronunciara una sola palabra, ella se dio cuenta de lo que ha sido mi vida. No sé cómo lo hizo, pero enseguida lo vio. Y yo entendí que estaba al corriente y me sentí en paz, comprendida, protegida. Es estúpido, es una anciana enferma que no podría defenderse a sí misma, y mucho menos a mí; sin embargo, su alma es fuerte y desprende una energía capaz de hacerte sentir… —Me callé. Todos esos pensamientos habían salido sin dificultad de mi boca. Era la primera vez en mucho tiempo que me abría de esa manera con alguien con tanta naturalidad.

—En paz contigo misma —terminó la frase.

—Sí, así es —afirmé mirándola. De pronto vi a Irma seria, como nunca la había visto.

—Te entiendo, Oli, y tienes razón. Ángela es una persona excepcional. Cuando la conocí, Gabriel y yo estábamos solos, el padre de Gabi nos había abandonado hacía unas semanas. Aunque yo ya había visto a Ángela antes, nunca nos habíamos hablado. Esa tarde estaba desesperada, rendida de hacer frente yo sola a una casa, al trabajo y a un bebé de pocos meses. Llegaba de la compra, como el día en que nos conocimos tú y yo, y en el descansillo de la escalera me agobié. Creo que entendí que mi expareja nunca iba a volver y sentí el peso de todo lo que se me venía encima. Estaba frente a mi puerta con las llaves en la mano y me puse a llorar. Ángela había vuelto a casa de su paseo y, mientras abría la suya, me oyó; ya sabes que lo mío no es la discreción. Bajó, me encontró sentada en el suelo, en un mar de lágrimas, y se me acercó. Algo en su mirada me hizo confiar en ella y, bueno, ya me conoces, le solté el rollo de mi vida. Ella se quedó callada. Pensé que se estaría diciendo que para qué cuernos se había interesado en los problemas de una madre soltera, charlatana y medio loca. Pero no, instantes después y con esa dulzura tan suya, se ofreció a ayudarme con mi hijo. Me dijo que no tenía demasiada experiencia con los niños, pero que disponía de mucho tiempo para poder hacer de abuela, si se lo permitía. —Irma se calló por unos instantes, un tanto emocionada. Después continuó—: La verdad,

Oli, su ayuda fue una bendición, no solo por su disponibilidad para con Gabriel, al que terminó casi adoptando como a un nieto, sino por estar siempre ahí, a mi lado, a nuestro lado, sin pedir nada a cambio.

»Cuando enfermó, estuve cuidándola. Ángela se hacía la fuerte porque no quería ser una carga, hasta que decidió ingresar en la residencia. A Gabi y a mí, acostumbrados a su presencia, nos supuso un palo enorme, sobre todo porque donde está, como ya has visto, tienen un horario de visitas bastante estricto y, entre eso y la cantidad de horas que pasa bajo el efecto de la medicación, no podemos verla tan a menudo como nos gustaría.

Me conmocionó oír hablar a Irma en ese tono, como si tuviera ante mí una versión desconocida de mi amiga, y me sentí más unida a ella que nunca, igual que a una hermana que volviese a ver después de años separadas. Ángela se había convertido en la madre de aquella improvisada familia sin lazos de parentesco, pero ligada por el destino. Aún no entendía muy bien toda esa situación, tampoco necesitaba explicaciones, lo importante era que sentía como si de nuevo tuviese un espacio seguro en el que encajar.

Y sin darme apenas cuenta, comencé a contar lo que por tanto tiempo había callado.

—Cuando conocí a mi marido creí que había encontrado al hombre perfecto: seguro de sí mismo, con una buena posición y, lo más importante, estaba loco por mí. Nunca antes alguien se había interesado en mí de aquella manera ni me había hecho sentir tan especial. Desde el primer momento me convirtió en el centro de su mundo y, lejos de resultarme extraño o desmesurado, me sentí halagada. Pero aquello no era más que un espejismo de la realidad que, tonta de mí, no quise ver. Me dejé cegar por el brillo de sus regalos, de sus bonitas palabras vacías de contenido y de sus celos, que yo confundí con una expresión de amor. Con el tiempo, su obsesión por mí se volvió enfermiza; quería controlar todos mis movimientos, a dónde iba, con quién salía, quiénes eran mis compañeros de trabajo, qué decía a los vecinos… Y un día llegó el primer golpe. Volvía de cenar con unas amigas y, al entrar en casa, me estaba esperando sentado en el sofá. En su cara se podía leer más que disgusto, tenía una expresión de profunda ira. Me exigió saber con quién había estado. Le respondí que con mis amigas, que *él* las conocía. Me dijo que mentía, que no sabía que se había casado con una puta mentirosa que además se creía más lista que él, que algo sucio andaría haciendo para volver tan tarde a casa. Yo no entendía nada. Intenté explicarle la verdad, hacerle entrar en razón. De nada sirvió. Sin que lo viera venir, me dio una bofetada que me tumbó en el suelo. No sé qué me dolió más en esos momentos, si el golpe o ver cómo todo ese castillo de naipes que era mi vida empezaba a desmoronarse, dejando ante mí una realidad que no conseguí aceptar.

»Tendría que haberme ido tras esa primera vez, haber reaccionado, pero no lo hice. Me dejé convencer por sus palabras de arrepentimiento, por sus lágrimas, y me engañé pensando que nunca más volvería a suceder. No fue así. Pasaron las semanas, después los meses, incluso los años. Intentaba guardar las apariencias, no quería que nadie supiera la verdad: que era una mujer débil, incapaz de reaccionar. Pero lo cierto es que estaba aterrada, aún lo estoy. A veces, incluso, llegué a convencerme de que *él* tenía razón, que yo misma me buscaba todo lo que me estaba pasando.

»Solo una vez alguien intentó ayudarme. Tenía una amiga, una vecina de nuestra primera casa. Una tarde vino a verme. Yo no la esperaba y no quise abrir. Estaba llorando; mi marido acababa de repetirme lo inútil que era, que no servía para nada, recordándome por enésima vez que ni siquiera era capaz de darle hijos, insultando a mi padre, como era su costumbre, porque sabía que era mi única familia, la persona que más me importaba en el mundo. No quería que ella me viera en ese estado, pero no paraba de insistir, llamaba a mi puerta sin parar. Temí que fuera a alertar a los vecinos, así que la dejé pasar. Cuando entró, empezó a hablar alterada de una disputa que había tenido minutos antes con otra vecina, bueno, algo que no viene al caso, hasta que se dio cuenta de mi estado. Me preguntó qué me pasaba, si me encontraba bien. Yo no quería responder, no quería contarle a nadie lo que era mi vida, no soportaba verme juzgada a través de la lástima o la incomprensión de sus ojos. Pero ella seguía interrogándome, excitada como venía de la confrontación con la otra mujer. Así que me puse a llorar sin control. Todo mi cuerpo se agitaba, estaba confundida y mareada. Una náusea se apoderó de mí y comencé a vomitar.

»Me creyó enferma y me convenció para llevarme a urgencias. Nos fuimos al hospital y después de varios exámenes, un psiquiatra vino a verme. Me interrogó sobre mi salud. No entendía qué me pasaba, porque físicamente no se justificaba ese estado. Algo tenía que haberme ocurrido para estar así. Yo no sabía qué hacer ni qué decir. Entonces me preguntó sobre si dormía bien o tenía algún tipo de problema para ello, si me levantaba cansada, si hacía deporte… En fin, imagino que andaba buscando descartar ansiedad o depresión. ¿Cómo decirle que era *él* mi enfermedad, el mal que se apoderaba de mí y no me permitía ser, vivir? Mi amiga respondía por mí. Le contaba que me encontró de esa forma al llegar a casa y seguía hablando sin aportar nada. Y en un arranque de coraje o de cobardía, según se quiera ver, la interrumpí y les confesé que estaba angustiada por culpa de mi marido. El psiquiatra quiso saber más, pero yo no respondí. Comenzó a interrogarme sobre mi matrimonio y sobre *él*, sobre mí. Quería salir de allí lo más rápido posible y veía que, si no le daba alguna respuesta a aquel hombre, no lo conseguiría. Le dije que mi marido no era malo, que solo estaba confundido y que yo, a veces, no llegaba a entenderlo, lo que terminaba haciendo que se enfadase.

»El terapeuta me pidió ejemplos, y le conté algunos detalles. Aún no tengo claro qué me empujó a hablar, si fue el cansancio físico, el agotamiento psíquico de querer ocultar todo a todos o el deseo de desahogarme, cualquiera de esas cosas o todas; el caso es que le dije más de lo que quería. Él no paraba de tomar notas en una hoja, una especie de informe. Cuando terminé, me sentí muchísimo mejor, creo que hasta recuperé el color. El médico dejó el papel sobre la mesa, se levantó y se sentó a mi lado. Me puso la mano en el hombro y me dijo que lo mejor que podía hacer era ir con ese informe a la policía a poner una denuncia contra mi marido por maltrato físico y psicológico.

»No pude reaccionar. Mi mente se quedó como en un *blackout*. ¿Qué había hecho? Le había contado mi vida a un desconocido. Peor aún, mi vecina lo había escuchado todo. Si *él* se enteraba, me iba a matar. Me levanté y cogí mis cosas para marcharme. El psiquiatra extendió la mano con el informe y me repitió que fuera a denunciarlo. Yo estaba temblando de nuevo, quería irme de allí, quería borrar mis palabras, huir. Me di media vuelta y salí del cuarto. Mi amiga cogió el papel de manos del terapeuta y me siguió.

»No llegué muy lejos. Me senté en una silla de una sala de espera contigua. Allí me encontró mi acompañante. Al principio no dijo nada, solo se puso a mi lado, pero al cabo de unos minutos comenzó a hablar, todo un discurso para persuadirme de hacer la denuncia, que ella me apoyaría, que podría incluso irme con ella a su casa, que nadie se iba a enterar… Tanto me dijo que terminó por convencerme de ello. Y así, en caliente, nos fuimos a la comisaría. —Cerré los ojos y en esos momentos no estaba allí, sino sumergida en aquellos terribles recuerdos. Segundos después, noté la mano de Irma en mi brazo y, sobresaltada, los abrí y volví al presente, con ella—. Disculpa, pero es la primera vez que le cuento esto a alguien y…

—Tranquila, lo entiendo. No tienes por qué seguir si no quieres, no…

—Sí, sí quiero. He callado por mucho tiempo y creo que lo que Ángela buscaba al darme esos diarios era salvarme de mí misma y de mi silencio. Creo que ha llegado el momento de que saque todo, de que me vacíe…

Me sentí invadida por una decisión desconocida para mí. Mi amiga me miró con un brillo en los ojos que ya había visto en otras ocasiones: orgullo, satisfacción, no sabría decirlo, pero me agradó su forma de verme. Después pensé que a lo mejor se me iba a echar en los brazos; Irma tenía esa manía de las muestras de cariño a todas horas y con cualquier excusa. Creo que se contuvo porque quería que continuara con mi relato. Y eso hice.

—En la comisaría me enfrenté a la realidad. Sería un proceso largo, su palabra contra la mía. A pesar de llevar el informe médico, nada podía confirmar los malos tratos. Yo había soportado y callado demasiado tiempo y los que me rodeaban nunca habrían podido testificar a mi favor. Había sido muy buena ocultando la verdad y en ese momento me pesó. Incluso mi amiga empezó a dudar de todo, y ante esa situación decidí no seguir adelante con la denuncia.

»No sé cómo, *él* se enteró y, a partir de ahí, mi vida se volvió un infierno aún peor. Nos mudamos de barrio, a otra casa donde ni siquiera conocí a los vecinos. Su control se volvió más férreo, no me dejaba ver a casi nadie, me costaba incluso visitar a mi padre. —Me enjugué una lágrima que apenas hizo intención de asomar. El recuerdo de mi padre era aún una de las partes más dolorosas. Inspiré profundamente antes de proseguir—: Me encerré en mí misma más que antes, me aislé del mundo intentando minimizar sus ataques de ira, sus bofetadas, sus insultos. No sirvió de nada, a pesar de no darle motivos —Sonreí con tristeza al darme cuenta de la expresión que acababa de utilizar—, *él* seguía controlándome y manejándome a su antojo.

»Cuando mi padre cayó en coma y murió, me sentí responsable de su muerte. Mis esfuerzos por ocultarle la verdad no habían servido de gran cosa, pues mi padre adivinó el sufrimiento que yo me esforzaba por esconder. Supongo que imaginó el agujero negro en el que se había convertido mi vida, aunque no creo que llegara a saber lo oscuro que era. Sin embargo, verme a través de su mirada, percibir la profunda tristeza que lo invadió al comprender mi situación y, sobre todo, sentirme sola tras su fallecimiento y a merced de mi marido me hicieron reaccionar. Decidí que debía escapar de *él*, marcharme lejos de su yugo. Planeé todo con cuidado y unos meses después me fui. Y aquí estoy.

Miré a Irma a los ojos. Me había liberado de un enorme peso y me sentía ligera. Mi amiga me sonrió, y esta vez sí que no se contuvo y me abrazó, achuchándome como a una niña. La dejé hacer.

—¿Qué piensas hacer ahora, Oli? —me preguntó instantes después.

—Aún no lo sé. Me encuentro más fuerte, mejor. Voy recuperándome a mí misma, reconstruyéndome.

—Ya has dado un enorme paso hacia delante. Creo que eres una mujer muy fuerte —me dijo apretando mi mano.

Sonreí. Por primera vez en mucho tiempo, me sentía capaz de controlar el miedo.

★★★

Cuando llegué a casa tenía ganas de bailar y por un instante pensé en proponérselo a Irma. Después recordé que hoy era imposible, que Gonzalo y ella se marchaban y yo me quedaba a cargo del pequeño Gabriel. De todas formas, cogí el móvil para enviarle un mensaje, antes de que me arrepintiera, con la propuesta de ir, al día siguiente después de ver a Ángela, a divertirnos entre chicas. Vi entonces que tenía un nuevo *mail* de mi antiguo trabajo. Mi alegría se esfumó como la bruma con la salida del sol. Por un momento pensé en borrarlo sin leer, como había hecho con los anteriores, pero después me di cuenta de que este correo venía de la directora misma y abrí el mensaje.

Estimada señora:

Me dirijo a usted para comunicarle que, a falta de respuestas por su parte a nuestros diferentes mensajes, me vi en la obligación de contactar con su marido para solicitarle que viniera a retirar un libro de su pertenencia que encontramos, hace unos días, en una de las aulas.

Su esposo, amablemente, se ofreció a recogerlo, con lo que queda usted informada del hecho, en caso de que quisiera reclamarle a este colegio la devolución del citado objeto y…

No leí nada más. Lo primero que pasó por mi mente fue que mi marido había estado en el colegio recientemente, quizás después de mi encuentro con Marina en la pizzería. A lo mejor se lo había dicho, a lo mejor ya sabía dónde encontrarme, a lo mejor ya estaba en camino. Mi aparente calma empezó a ceder, dando paso a una angustia cada vez mayor que me apretaba el pecho y no me dejaba respirar. Necesitaba abrir la ventana, tomar aire fresco, salir… Por un momento todos mis logros perdieron color, todo se volvió oscuro y mis antiguos temores empezaron a rondarme como un perrillo faldero intentando cobijarse bajo mi ropa.

«¡Cálmate!». Quería convencerme de que no había nada que temer, de que estaba a salvo, lejos de *él*, en un paradero desconocido. Sabía que mi reacción era exagerada, pero no podía evitarlo. «Piensa en otra cosa, ¡céntrate!». Vi el diario de Valentina abierto encima de la cama, tal y como lo había dejado al marcharme con Irma. Lo cogí entre mis manos y continué la lectura.

26 de octubre de 1943

Por mucho tiempo que pase, nunca podré olvidar lo que ocurrió hace una semana en casa del estraperlista.

Cuando llamé a su puerta, lo único que tenía en mente era recuperar a mi niña. Abrió uno de sus esbirros y, al verme, llamó a su jefe. Don Gervasio apareció y me hizo pasar. Me miró de arriba abajo y después exigió su dinero.

Le grité que me diera a mi hija, sosteniéndole la mirada a pesar del temblor de todo mi cuerpo, que apenas me tenía en pie. Me dijo que estaba en la habitación, que me la entregaría si le pagaba. Extendí la mano con el dinero y el camafeo. Él se apresuró a tomarlo. Contó la suma y me miró desafiante. Enseguida me reclamó la parte faltante. Le expliqué que por eso le daba el camafeo, para compensar la diferencia. Miró a sus acompañantes y les dijo que se fueran. Acto seguido, se retiró de la puerta de la habitación para que entrara a buscar a mi pequeña.

En cuanto lo hice, cerró bruscamente y se me echó encima. Me tapó la boca y me dijo que si gritaba nunca me daría a la niña. Lo golpeé con todas mis fuerzas para liberarme, pero era mucho más fuerte y pesado que yo. Mientras me manoseaba, me decía al oído que soñaba con ese momento desde la primera vez que me vio. Yo seguía peleando, a la vez que Ángela lloraba en su capacho, quizás de hambre, quizás consciente de la vejación a la que sometían a su madre. Impotente ante su fuerza, comencé a llorar; lloraba de rabia, de asco, de odio. Me tiró sobre la cama y me golpeó hasta casi dejarme inconsciente. Sentía su aliento y sus gemidos pegados a mi boca mientras me violaba con furia, casi con rencor. Quería matarlo. Quería morirme. Me faltaban las fuerzas para cualquiera de las dos cosas.

Cuando terminó, me culpó de lo que acababa de ocurrir, alegando que nunca fui cariñosa con él. Añadió que si lo hubiese sido, todos nos habríamos ahorrado muchos problemas. Estaba aturdida y no escuchaba con claridad sus palabras hasta que dijo: «No tendría ni que haber mandado a la cárcel al inútil de tu Mateo».

En mi cabeza resonaba su última frase. Él había alejado a mi maquinista de mí y de Angelita, él lo había encerrado. Me levanté *como pude, aún me temblaban las piernas. Me dolía todo el cuerpo, pero no quería darle el gusto de verme aún más humillada. Cogí el cesto con Ángela y cuando iba a salir, puso su brazo a modo de barrera en la puerta y me paró. Me miró, se me acercó y me susurró al oído que sabía que en el fondo había disfrutado tanto como él y que ya vendría a hacerme una visita.*

Reuní las pocas fuerzas que me quedaban para escupirle a la cara. Se limpió con el dorso de la mano y, con una sonrisa burlona, me hizo un gesto de cabeza para que saliera de allí. Empujé su brazo y me dirigí hacia casa tambaleándome. Llegué como pude. Nada más abrir la puerta, dejé a Angelita en su cuna, calenté agua y me metí en el barreño para lavarme y quitarme su olor y todo lo que me lo recordara, como si el agua y el jabón pudieran hacerme sentir mejor o volver a juntar los jirones de mi alma hecha pedazos.

Después del baño me tumbé en la cama, dolorida, cansada y muerta de miedo. Tiritaba de pies a cabeza y me acurruqué, abrazando las piernas con los brazos. Pensaba en Mateo, en cómo se lo explicaría, en si llegaría a contárselo alguna vez, en lo que él podría llegar a hacer, en lo que podría llegar a hacer yo.

Sé que tarde o temprano le haré pagar por esto, lo juro por lo más sagrado, porque no tendré paz hasta que lo vea sufrir y suplicar piedad de rodillas ante mí. ¡Que Dios se apiade de mi alma porque lo voy a matar!

Me había costado leer aquellas líneas, no solo por la dureza de lo que relataban, sino porque estaban llenas de manchas de las lágrimas de Valentina. Por un momento tuve ganas de gritar, pensando en ella, pensando en mí, en todos los don Gervasio que había en el mundo y en las mujeres que habían tenido la mala suerte de encontrárselos. Esa rabia me hizo olvidar el miedo que anteriormente me había bloqueado tras la lectura del *mail* del colegio.

El timbre de la puerta me sacó de mis pensamientos. Fui a la mirilla y vi a mi amiga con Gonzalo, que cargaba a Gabriel. Al verlos me calmé y abrí sonriendo a mis queridos vecinos.

—¡Madre mía! ¡Qué despliegue de elegancia! —les dije divertida.

—Es que una, cuando se pone, se pone —contestó Irma haciendo una reverencia.

—Aquí te dejamos al peque. Seguro que no te va a dar mucha guerra porque ha jugado un montón y ya está cansado —dijo Gonzalo entregándome al niño, que aplaudió al verse en mis brazos—. Y toma, su cena —añadió mientras me daba un bolso—. Podrías haberte quedado en casa, no sé por qué no quieres estar en ella sin nosotros. Tú también…

—Vaaale —respondí un poco cortada—, la próxima vez lo haré, que veo que os he hecho trabajar el doble.

—Pues sí, guapa. —Irma, con su natural desparpajo, no se callaba ni una—. Pero no nos importa, te queremos igualmente. —Y se lanzó sobre mí para darme un beso.

La aparté con un cariñoso empujón y, riéndome, les dije que se marcharan, que al final llegarían tarde.

Se despidieron y entré en casa con Gabriel. Las siguientes horas jugué con el pequeño, le di de comer y, al final, caímos los dos rendidos en la cama como dos santitos.

3. Los diarios

Al día siguiente, Irma, el niño y yo fuimos a ver a Ángela, tal y como teníamos previsto. Al llegar a la residencia, la hermana encargada de recibir a las visitas nos comentó que la anciana mujer estaba deteriorándose con rapidez, que el médico había dicho que no había que fatigarla.

Mientras caminábamos hacia su habitación, sentí que mi corazón se iba encogiendo por la noticia que nos acababan de dar. Me pregunté cuántas otras veces podríamos volver a ver a Ángela. Miré a Irma, su cara transmitía inquietud y tristeza. Hasta el pequeño Gabriel parecía intuir que algo iba mal, porque no se escuchó ninguno de los habituales grititos de alegría que solía emitir cuando reconocía el camino hacia el cuarto de su querida «abuela».

En cuanto la puerta se abrió, el olor a lavanda nos envolvió por completo. La monja nos dijo que cada día tenían que poner más aceite en los quemadores porque ella casi había perdido el olfato y quería sentir ese aroma a todas horas. El sol entraba por la cortina entreabierta e iluminaba la habitación con una especie de extraña luz que parecía arrancarle partes del dormitorio a las sombras. Tumbada en la cama, aún más pequeña de lo que la habíamos visto la última vez, se encontraba Ángela. Gabriel, al verla, quiso ir con ella, pero su madre no lo llevó.

—Tráemelo, por favor, Irma. Déjalo a mi lado un rato —suplicó casi con un hilo de voz.

Irma sacó al niño de su sillita y lo dejó en la cama, junto al cuerpo menudo de Ángela. Gabriel se acercó a ella y le dio un beso.

—Tata nela —balbuceó el pequeño.

—Sí, cariño, soy la tata Ángela —respondió con dulzura, y lo besó—. Sentaos, por favor. Gracias por venir y por ocuparos de llevar los documentos al abogado. Los tenéis ahí, sobre la mesa. Disculpadme, hoy no tengo un buen día. —Y esbozó una sonrisa.

—No hables, por favor, no queremos cansarte —le pidió Irma con voz temblorosa, a la vez que tomaba al pequeño entre sus brazos.

—No me vais a cansar, al contrario, agradezco teneros aquí. Veros me alegra el corazón. —Tomó aire y añadió—: Dime, Olivia, ¿qué ha pasado con los diarios?, ¿los has leído?

—Empecé a hacerlo —contesté conteniendo la emoción—. No he terminado aún.

—Y tú, Irma, ¿aún no has conseguido leerlos? —le preguntó con cierta sorna. Ángela conocía muy bien a nuestra común amiga, sabía de su curiosidad insaciable y de su desparpajo a la hora de conseguir lo que se proponía.

Aquella insinuación nos arrancó una sonrisa a todas, que distendió un poco la tristeza que se había instalado en aquel encuentro. Irma negó con la cabeza.

—Pues ya estás tardando, querida. ¿Esperabas una invitación para ello? Creo que es la primera vez, desde que te conozco, que haces prueba de tanta paciencia.

Irma hizo intención de protestar, pero Ángela levantó la mano débilmente y nos dijo:

—No os demoréis mucho en terminar la lectura de los diarios, chicas, porque el final de la historia solo lo conozco yo y no sé cuánto tiempo más podré robarle a la muerte.

Irma y yo nos miramos, creo que compartíamos la tristeza y la intriga que nos habían provocado las palabras de nuestra amiga.

Estuvimos unos minutos más y nos marchamos; sabíamos que lo que menos necesitaba Ángela en ese momento era tener gente a su alrededor.

Hicimos todo el trayecto de vuelta en silencio, pensativas.

—¿Quieres subir a casa a tomar un café? —le propuse a Irma cuando llegamos al edificio—. Ya no tengo ganas de salir.

—Yo tampoco tengo ganas. Creo que el café es una mejor idea —me dijo sonriendo—. Además, así podremos aprovechar para leer los diarios de Valentina. —Y me guiñó un ojo.

Decididamente, Irma siempre era capaz de sorprenderme. Así que fuimos a mi apartamento. Mientras preparaba el café, cogió los diarios que tanta curiosidad le despertaban. La dejé a solas para que pudiera leer hasta donde yo había llegado. A partir de ahí, seguimos la lectura juntas.

28 de octubre de 1943

Después de lo ocurrido, solo tengo una cosa en mente: visitar a mi marido en la cárcel. Verlo bien me dará fuerzas para continuar. Luego me marcharé con mis parientes, como había pretendido hacer y no pude. Les he mandado un telegrama informándoles de mi llegada en unos días. Por último, voy a ir a ver a doña Carmela.

Es una de mis primeras clientas. Siempre ha sido muy correcta conmigo y me conoce bien. Ha estado unos meses fuera y acaba de volver, así que tengo que aprovechar la ocasión. No es una mujer rica ni de una gran familia, pero su marido, que trabaja en el ayuntamiento de Madrid y era discípulo de don Cecilio Rodríguez, a quien le une una gran amistad, quizás pueda interceder por Mateo o, al menos, obtenerle una carta de recomendación. Algo así podría hacer que mi maquinista salga antes de prisión. Pero no va a ser nada fácil convencerla, sobre todo porque tendrá que pedirle el favor a su esposo. De todas formas, yo ya voy con el no por delante y no tengo nada que perder. He sacado un corte de guipur que guardaba con mimo para poderme hacer algún día un lindo vestido y que Mateo me llevase a cenar, como la gente pudiente. Como tengo las medidas de doña Carmela, he cosido una blusa preciosa a la que he añadido un cuerpo en raso por debajo. La otra mitad de la tela la he guardado, por si acaso. Ya la tengo terminada, así que no me queda más que ir a verla.

29 de octubre de 1943

Mi encuentro con doña Carmela ha ido bien. Me ha recibido con cariño y preocupada por mí. Me ha ofrecido un café y me ha preguntado por la niña. Le he contado todo lo sucedido con Mateo y Angelita y le he explicado el motivo de mi visita. La mujer se ha sorprendido por mi pedido y sé que se ha sentido un tanto incómoda. Le he dado el paquete que había preparado para ella y me he ido. Si puede y quiere ayudarme, lo hará; si no…, yo ya no voy a suplicar nada a nadie más.

31 de octubre de 1943

Ayer, gracias a la intervención de don Aurelio, la niña y yo pudimos visitar a Mateo en la cárcel. Estaba ansiosa por verlo, pero me costaba ocultarle la verdad, no decirle todo lo que había pasado.

Tenía que mostrarme fuerte y bien por él, para animarlo. Cuando llegamos a la prisión, estuve a punto de dar media vuelta y salir corriendo. Era la primera vez que lo veía después de tantos meses y me asustaba lo que pudiera encontrar, lo que me pudiera decir. Sin embargo, hice de tripas corazón, puse mi mejor cara y entré con Angelita entre mis brazos.

Las escenas de reencuentro entre los familiares y los prisioneros eran abrumadoras. Se notaba el esfuerzo de todos por aparentar que las cosas iban bien, cuando nada era normal. Se tomaban fotos, testimonio de que seguían vivos, para que el resto de sus familias y amigos no los olvidaran, para que se supiera que allí, entre esas paredes inertes, había vida, esperanza, aunque quisieran arrancárselas. Mientras observaba aquellas imágenes como si fueran parte de un sueño, de una pesadilla de la que no podía despertar, oí a mi espalda la voz de Mateo, que me llamaba por mi nombre.

Me giré para mirarlo. Estaba demacrado y flaco, pero tenía buen aspecto. Su forzada sonrisa me conmovió más que verlo allí, entre rejas. Su mirada lo decía todo. Sonreí y lo abracé con la niña entre nosotros. Entonces él miró a la pequeña y sus ojos se humedecieron. Sabía el esfuerzo que hacía por contener el llanto, para que yo no llorase. Así que yo también lo hice. Mateo cogió a nuestra Angelita en brazos y comenzó a besarla, a jugar con ella, repitiendo una y otra vez lo guapa que era.

Me preguntó cómo estaba, si me faltaba algo. Me dijo que pidiera ayuda a la señora Juliana, que luego él arreglaría cuentas con su marido. Lo tranquilicé, le dije que todo estaba bien, que no se preocupara por nosotras. Y callé. Decidí que quizás nunca le contaría lo que había pasado. Ya nos habían quitado mucho y no les iba a permitir que nos arrebataran también el futuro.

Después de la visita, preparé nuestras cosas para ir al pueblo con mis primos.

$$\star\star\star$$

El pequeño Gabriel comenzó a llorar. Su madre se dio cuenta de que era tarde y de que tenía que acostarlo ya. Irma se despidió de mí y me dijo que la esperara mañana para proseguir con la lectura de los diarios, aunque bien sabía que no lo haría y que en cuanto se marchase continuaría sin ella.

Cuando madre e hijo se hubieron ido, fui a la cocina y me preparé algo rápido para cenar, para poder continuar con la lectura.

30 de noviembre de 1943

La estancia en el pueblo con mis primos me está haciendo mucho bien. A la semana de estar aquí empecé a ayudar a mi prima en las tareas domésticas. El trabajo y la compañía han hecho que el tiempo pase con rapidez. Además, he podido volver a alimentar a la niña de manera natural, ya que con el descanso y el aire fresco volví a tener leche. He decidido quedarme aquí el tiempo necesario para recuperarme del todo, y aunque veo que mi cuerpo recupera fuerzas, no me siento la Valentina de antes.

Sin embargo, Angelita está preciosa, cada día más grande y regordeta, lo que me hace muy feliz. Es una niña despierta y curiosa que se interesa por todo. Le encantan los animales, sobre todo el perro que se ocupa de las ovejas. El pobre animal debe de tomarla por un borreguito más, ya que siempre la ronda y empuja su cestita con la cabeza, como si quisiera que se uniese al rebaño. Ella ríe en cuanto lo ve aparecer y grita buscando atraer su atención, para que no se vaya.

★★★

4 de diciembre de 1943

Hoy he recibido la mejor de las noticias: ¡Mateo va a salir de la cárcel! Llegó una carta de la señora Juliana, es la única persona que sabe dónde estoy y solo se lo dije por si había una urgencia. Cuando vi el sobre, mi corazón dejó de latir. Pensé que algo malo le había pasado a mi maquinista. Rasgué el papel, apresurada. La nota era escueta:

«Señora Valentina:

Espero que al recibir la presente se encuentre bien, al igual que la pequeña Ángela. Doña Carmela estuvo por aquí preguntando por usted. Le dije que salió de viaje unos días para ver a unos familiares. Me pidió que le comunicara que se había ocupado de su encargo y que en estos días podría ocurrir lo que espera. Lamento no poder decirle nada más porque yo misma no entendí de qué se trata, solo deseo que sean buenas nuevas.

Cuídese. La echamos en falta por aquí.

Con cariño,

Juliana».

¡Qué alegría! Estoy preparando mis cosas para marcharme. Me da mucha pena irme de aquí, dejar a mis primos, con lo bien que se han portado con nosotras. Pero tengo mucho que hacer para recibir a Mateo en nuestra casa. ¡Por fin vamos a estar los tres juntos!

4. La confesión

Durante toda la mañana no paré de trabajar. Tenía bastantes cosas pendientes para la academia y no quería entregar nada fuera de plazo. Estaba tan inmersa en las correcciones y verificaciones de los temas que cuando sonó el móvil me sobresaltó.

—¿La señora Olivia Moreno, por favor? —me dijo una voz masculina al otro lado de la línea.

Guardé silencio. No muchas personas conocían ese número.

—¿Quién es? ¿Qué es lo que quiere? —interrogué con cierta brusquedad.

—Discúlpeme si le molesto. Me llamo Enrique Gálvez y soy el abogado de doña Ángela Fonseca. Su señoría me ha pedido que me ponga en contacto con usted para que me presente, por si tuviera que necesitar de mis servicios. Entiendo que es algo inusual, yo mismo estoy un tanto confuso porque no es mi manera habitual de proceder. Pero la señora Fonseca, además de ser mi representada, es una gran amiga y me pidió que, llegado el caso, la ayudara en lo que precise, legalmente hablando, claro. Me puede llamar cuando lo crea conveniente. Será un placer poder asistirla en lo que estime oportuno. Le mando vía SMS mis coordenadas de contacto.

Me quedé sin palabras. ¿Por qué le había pedido Ángela a su abogado que me contactara? ¿Por qué pensaba que necesitaría de uno? Nunca le había contado nada sobre mi vida, ella no sabía nada de mí.

Estaba confundida y sorprendida con todo aquello. Agradecí a mi interlocutor la llamada y colgué. Instantes después llegó un mensaje con los datos de contacto del señor Gálvez. Y mientras escrutaba extrañada la pantalla del móvil, el timbre de la puerta me sobresaltó de nuevo.

Miré la hora, eran las cuatro y media. Ni me había dado cuenta de lo tarde que era. Me levanté y fui a abrir a Irma; por la hora, sabía que era ella y ni siquiera lo confirmé mirando por la mirilla. Irma me escudriñó de arriba abajo.

—¿Qué te pasa que tienes esa cara, Oli?

—Acabo de recibir una llamada muy extraña. Ven, que te cuento.

Nos sentamos en el salón y le puse al tanto de la presentación del señor Gálvez. Irma no pareció tan sorprendida como yo. Le restó importancia al asunto, diciendo que Ángela, seguramente por ser del gremio, consideraba que todo el mundo necesitaba la ayuda de un abogado.

—Yo creo que no tienes que darle más vueltas, Oli. Ángela es sobreprotectora con todo el mundo y solo quiere ayudarte, eso es todo.

—Será eso, tienes razón. Pero me resultó tan raro…

—Bueno, Oli, deja ya este asunto y vamos a lo que vamos, que son los diarios. Me muero de curiosidad por saber qué pasó desde donde lo dejamos…

No pude reprimir una sonrisa mientras iba al armario a buscar los cuadernillos de Valentina.

★★★

20 de febrero de 1944

Hace mucho que no he escrito nada en el diario porque he estado muy ocupada desde que Mateo volvió a casa. ¡Estaba tan feliz de tenerlo de nuevo a mi lado! Además, don Gervasio andaba de viaje para traer sus mercancías y se iba a ausentar por una larga temporada, por lo que también podía respirar tranquila de ese lado.

Había decidido ocultar a Mateo la verdad de lo que pasó, nadie la conocía más que yo y el desgraciado del estraperlista, así que, por mi parte, me llevaría ese secreto hasta la tumba e intentaría vivir feliz un nuevo comienzo con mi familia.

Pero las cosas empezaron a complicarse ya desde los primeros días. Mateo quiso volver a su trabajo y no lo dejaron, porque ahora tiene antecedentes penales. Aquello lo frustró enormemente, ya que amaba lo que hacía. A pesar de todo, no se rindió. Buscó empleo por todas partes, y una y otra vez las puertas se le cerraron por el mismo motivo. No encontraba nada y, aunque mantenía la esperanza, cada vez se iba sintiendo más agobiado, sobre todo por lo injusto de verse marcado de por vida por un delito que no cometió. A mí me llevaban los demonios por no decirle la verdad: que era ese desgraciado quien lo había mandado encerrar. Pero contarle eso significaba ponerle al tanto del resto de la historia y no estaba dispuesta a ello. Así que callé, esperando así borrar todo, como si no hubiese sucedido nunca. Hasta el punto de llegar a creerlo.

Entretanto he retomado la costura, tenemos que seguir comiendo y pagando las facturas. Mateo se consume sin trabajo y yo de verlo así. Esta situación ha empezado a calar en nuestra relación. La impotencia y el dolor que sentimos nos están congelando parte del alma y cada vez callamos más y más. Y el silencio se está instalando entre nosotros.

Hace dos días he sabido que el estraperlista está de vuelta a Madrid. En cuanto me llegó la noticia, sentí que las fuerzas me abandonaban. Temo un encuentro entre Mateo y él, porque sé que el malnacido buscará la manera de decirle, sin contarle. Mi maquinista es un hombre muy fuerte, acostumbrado al trabajo duro y al uso de sus manos (siempre me maravilló la facilidad con la que podía levantarme, como si fuera una niña, incluso utilizando un solo brazo) y no es fácil de amedrentar. ¡Miedo me da pensar lo que pueda ocurrir! He intentado mantenerlo ocupado lejos de casa, haciendo encargos, como un recadero, y sacando a la niña a pasear. Por un lado, está entretenido y no piensa en sus problemas y, por otro, lo quito de en medio para que no se encuentre con el demonio que ha originado todas nuestras desgracias.

23 de febrero de 1944

La suerte es caprichosa y esta mañana, que Mateo salía a un recado, se ha topado de bruces con el estraperlista. La señora Juliana, que andaba por ahí, los ha oído hablar en la escalera. No ha podido escuchar la conversación, pero a mí no me ha hecho falta saberla. En menos de un minuto de charla, mi maquinista se ha echado encima de don Gervasio y ha empezado a molerlo a palos.

La señora Juliana ha alertado a su marido y a otros vecinos, que enseguida han salido al rellano de la escalera. Yo andaba cosiendo, y con el ruido de la máquina no he oído nada de lo ocurrido. Entre algunos hombres han logrado separarlos y el muy desgraciado se ha escabullido como la serpiente escurridiza que es. Mateo ha venido a casa y ha abierto la puerta violentamente. En cuanto lo he visto entrar, he sabido lo que ha pasado y he querido morirme. Me ha mirado; en sus ojos he visto el odio, el dolor, la amargura que lo invadían. Quería hablar, preguntarme, pero no se atrevía, daba vueltas por el salón como un toro enjaulado, apretando los puños, resoplando. Por un momento he tenido miedo, no de él, al que le confiaría mi vida con los ojos cerrados, sino de pensar en perderlo para siempre, en perderme yo. No podíamos seguir así, estaba cansada de todo aquello y no he podido más. Me he puesto a llorar, con un llanto desesperado. Al verme en ese estado, Mateo ha olvidado todo y ha venido a consolarme tomándome en sus brazos. Cuando me he calmado, y sin que él me lo haya pedido, he dejado salir todo lo que he estado ocultándole de lo que pasó durante su ausencia.

Al terminar mi relato, Mateo se ha separado de mí y me ha dado la espalda. Mi corazón se iba a romper en mil pedazos pensando que él ya no me quería, que mis temores se habían hecho realidad y que lo había perdido para siempre. Me he acercado, despacio, con miedo a su reacción, pero cuando he llegado a su lado he visto que estaba llorando.

Estaba derrumbado, cubriéndose los ojos con las manos. Después ha caído arrodillado en el suelo, sin parar de decir que todo era culpa suya, que tenía que haberme protegido y que me había fallado, que nos había fallado.

Verlo así ha sido peor que verlo encarcelado. Me he acercado y lo he abrazado con todas mis fuerzas. «No es tu culpa», le he repetido una y otra vez. «Es ese malnacido el que nos ha envenenado la vida, solo él». Pero Mateo no paraba de llorar.

Hemos estado así algunos minutos más, hasta que se ha calmado y se ha levantado. Me ha mirado a los ojos y me ha jurado que a partir de ahora va a cuidar de nosotras, aunque tenga que vender su alma para ello.

Sus últimas palabras me han causado cierto temor. No tanto por lo que ha dicho, sino por la manera en que las ha dicho.

★★★

5 de marzo de 1944

Ha pasado ya una semana desde el encuentro entre mi maquinista y don Gervasio, y Mateo está bastante tranquilo. Me ha dicho que tiene un plan para empezar una nueva vida juntos. Anda activo, de acá para allá. Me gusta verlo así, pero, por otro lado, siento que hay algo que se me escapa, y no llego a saber el qué.

Del indeseable no he vuelto a tener noticias. Parece ser que se ha ido a otro de sus viajes, aunque yo quiero creer que tiene miedo de mi maquinista y que ha puesto tierra de por medio. Ojalá sea así y no volvamos a saber de él nunca más.

★★★

Y ahí terminaban los diarios de Valentina. Irma y yo nos miramos. No teníamos muy claro qué sentir en esos momentos. Lo que habían vivido los padres de Ángela fue horrible, pero consiguieron superarlo. Supusimos que si los cuadernillos habían terminado era porque el plan de Mateo consistía en irse a Argentina, tal y como después hicieron y donde empezaron una nueva vida. Teníamos muchas preguntas que hacer a Ángela en nuestra próxima visita, eso estaba claro. Además, aún flotaba en el aire la confesión que nos hizo sobre el final de la historia, que solo ella conocía.

Irma vio que ya se le hacía tarde y se despidió de mí hasta el día siguiente. Le dije que intentara ver si podíamos ir mañana a la residencia. La curiosidad por saber el desenlace, así como la incógnita del abogado, pesaba demasiado como para esperar más tiempo.

★★★

A la mañana siguiente, Irma llamó a la residencia para saber cómo se encontraba Ángela y si sería posible visitarla. Tras consultar con el médico y con la anciana mujer, nos permitieron ir aquella tarde. Me llamó corriendo para darme la noticia y pidió a Gonzalo que se quedara con el pequeño Gabriel durante nuestra ausencia. Sobre las cuatro y media pasó por casa y nos marchamos juntas.

Al llegar allí, todo nos pareció más lúgubre. Normalmente, sonreíamos al entrar en el jardín florido y bien cuidado por las monjas, donde se veía pasear a algunos de los residentes más activos. Ese día el clima gris no acompañaba y hacía que todo se viera envuelto por ese plomizo color que antecede a una tormenta. Se había levantado algo de viento, y las dos nos estremecimos por un repentino soplo de aire frío.

—Parece que el tiempo está cambiante —comentó la joven monja que nos recibió en la puerta y que registraba los ingresos—. Para nosotros no es bueno, pues siempre que ocurre, nuestros residentes lo acusan en sus doloridas articulaciones y algunos se ponen más cascarrabias que de costumbre.

—Hermana Clara, modere su lengua —dijo otra de las religiosas, que debía de ser más antigua o de más rango en la congregación y que pasaba por allí y oyó sus palabras.

—Pero hermana, es verdad —protestó la joven.

—No estamos aquí para quejarnos, sino para agradecer al Señor todo lo que nos ha dado, incluso lo malo. Y es ante las adversidades cuando debemos mostrar nuestra mejor cara. No lo olvide.

Irma y yo nos miramos reprimiendo una sonrisa. La joven monja hizo un gesto afirmativo y agachó la cabeza. Después nos acompañó hasta la puerta de la habitación de Ángela y nos dejó allí.

Abrimos con suavidad y llamamos a la anciana por su nombre antes de atrevernos a pasar. Como ya era habitual, nos recibió el perfume a lavanda. La habitación estaba un poco más iluminada que la última vez que la vimos. La ventana, con las cortinas abiertas, dejaba entrar la luz grisácea del exterior. Ángela estaba sentada en la cama. Su aspecto era algo mejor que el que tenía en nuestra anterior visita y sonreímos aliviadas al encontrarla así.

—Venid, chicas, sentaos cerca de mí —nos llamó Ángela, mostrándonos los cómodos sillones que solíamos ocupar siempre que íbamos a verla—. ¡Qué alegría me da veros! Hoy me siento algo más fuerte, así que tenemos tiempo para charlar.

La saludamos contentas y tomamos asiento cerca de su cama.

—Dime, Olivia, ¿ahora ya sí has terminado de leer los diarios? —preguntó la anciana con curiosidad.

—Sí, ya los hemos acabado y nos morimos de intriga por conocer el final —respondió Irma, impaciente.

Ángela no pudo reprimir una carcajada, a la que nos sumamos nosotras dos.

—Sois como mis hijas —dijo sonriendo todavía—. Irma, tú lo has sido durante casi dos años, y nunca te estaré lo suficientemente agradecida por haber compartido conmigo tu contagiosa alegría y a mi querido Gabriel, mi nietito.

Irma se levantó a abrazarla, con tal ímpetu que casi tumbó a Ángela en la cama.

—¡Tranquila, mujer! ¡Qué apasionada! Ese tipo de cariños llega tarde a mi vida —dijo guiñándole un ojo. Y las tres empezamos a reír de nuevo.

Después me miró y su gesto risueño se llenó de ternura.

—Y a ti, Olivia, en cuanto te vi te adopté como a otra hija. Aunque acabábamos de conocernos, sentí que estábamos conectadas. Despertaste en mí un instinto dormido, una necesidad de protección que siempre he tenido hacia las mujeres que sufren o han sufrido por culpa de algún desgraciado, como te pasó a ti con el bruto de tu marido.

Levanté la vista y la miré a los ojos. ¿Cómo sabía de mi marido?

—Sé lo que te estás preguntando, Olivia. Tú nunca me has contado nada, y yo tampoco he querido preguntarte. Esperaba que algún día quisieras abrirte a mí. Quizás necesitabas más tiempo, pero yo no lo tengo, querida niña. Y quería ayudarte antes de mi partida. Creo que has olvidado que fui jueza y que tengo muchos amigos abogados y policías. Perdóname si me he metido donde no me llaman, pero toda mi vida ha sido así: siempre fui una piedra en el zapato de aquellos que intentan joder al resto, sobre todo a los más vulnerables… Disculpad el lenguaje, pero son muchos años de ver ese tipo de escoria y el daño que causan. En tus ojos leí de lo que era capaz ese desgraciado y decidí inmiscuirme…

Le pedí a Gálvez que investigara un poco, él es muy bueno en eso. Lo hizo bien y me trajo mucha información sobre tu marido. Ese hijo de puta merece que le paren los pies, Olivia, y tú puedes hacerlo. Bueno, ya volveremos a eso. Ahora vamos a la historia de mis padres, que es por lo que habéis venido.

Ángela me miró. Yo la observaba sin decir nada. Me hubiera gustado decirle que tenía razón en muchas cosas y que ya no me sentía como la Olivia de hacía un tiempo, pero me callé. No era el momento de hablar de mí, estábamos allí para saber el final de una historia, y ahora era eso lo que interesaba.

5. El final

Mirábamos expectantes a Ángela, quien se tomó su tiempo para comenzar a contar el tan esperado desenlace. Después de beber un poco de agua y de recolocarse los almohadones, empezó a hablar, despacio, transportándonos con su voz a otros tiempos, a otros lugares. Era una buena narradora, con cierta vena dramática, ya que introducía diálogos que hacían aún más realista y vívido el relato.

—Cuando mi padre supo la verdad de lo que había pasado con mi madre, empezó a urdir un plan para marcharnos lejos de España. Pensaba que comenzar desde cero en algún sitio lejano, donde nadie los conociera, podría hacerles olvidar todo, como si nunca hubiese ocurrido. Consiguió, gracias a contactos, eso fue lo que le dijo a mi madre, pasaportes para los dos y boletos de última categoría en un barco que saldría de Vigo con destino a Buenos Aires. El viaje fue horrible, pero lo aguantaron esperanzados de que al llegar al Nuevo Mundo todo sería distinto y podrían, por fin, tener la vida que tanto ansiaban llevar juntos.

Ángela se paró un momento, buscando, quizás, la manera de poner en orden sus ideas para continuar con su narración. Instantes después prosiguió:

—Argentina era otra cosa, era hermosa, grande. Buenos Aires parecía París, cosmopolita, libre, lleno de vida, y enseguida los atrapó. Mi padre encontró rápidamente un trabajo y mi madre pronto se fraguó una reputación de buena modista. No tardaron mucho en rentar un pequeño apartamento, mejor que el que habíamos dejado en Madrid, y nos instalamos en el barrio de San Telmo, una antigua zona residencial venida a menos, que aún conservaba el encanto más «castizo» bonaerense.

»Todo parecía ir bien, aunque el sufrimiento de mi madre no llegaba a desaparecer. A pesar de que la vida nos sonreía y de que, en apariencia, éramos una familia afortunada y feliz, la realidad era otra. Mi madre, desde que le contó todo a mi padre, lejos de sentirse mejor, empezó a entrar en depresión. Creo que mientras le ocultó lo que había pasado, ella misma se convenció de que nunca sucedió. Pero decírselo a mi padre, admitir la violación ante él, lo volvió real y le produjo un estado de ansiedad. Comenzó a tener pesadillas casi todas las noches, no descansaba adecuadamente y se veía que no estaba bien. En los peores momentos llenaba la bañera y se pasaba horas allí dentro, llorando y restregándose el cuerpo como si fuera a arrancarse la piel. Mi padre se desesperaba intentando ayudarla, se acercaba a ella para que se sintiera arropada, protegida, pero no conseguía nada. Incluso fue a ver a un psicólogo, porque ella se negaba en rotundo a ir; en aquellos tiempos se consideraba loco al que acudía a terapia. Le contó todo lo que le pasaba a Valentina; sin embargo, al no ser él el paciente, poco o nada pudo ofrecerle. Solamente un consejo, que mi padre aplicó siempre, hasta el final de sus días: «Dele mucho amor, tenga mucha paciencia con ella y hágale sentir que no está sola, que usted siempre estará a su lado». Y así fue, siempre estuvo a su lado, a nuestro lado, cariñoso, dulce, atento. ¡Pobre papá!

»Con el tiempo, el amor y el trabajo hicieron que mi madre fuese recuperándose. Su herida tardó mucho en curar, creo que nunca llegó a cicatrizar, pero volvió a ser ella, la Valentina de la que mi padre se enamoró, orgullosa, con carácter, divertida… Aunque a veces, y sin que nadie pudiera evitarlo, sus ojos se tornaban más negros, ocultando los oscuros recuerdos que no podía eliminar completamente de su mente.

»Por aquellos días, en que mamá luchaba por liberarse de sus horribles pensamientos, papá encontró en la tienda de ultramarinos de la calle unos jabones de lavanda traídos de Inglaterra y se le ocurrió llevarle uno de regalo, para animarla un poco. A ella le gustó tanto que empezó a aficionarse a ellos. Entonces poco o nada se utilizaba la aromaterapia, pero la lavanda le produjo el efecto calmante y relajante propio de esta planta. Mi madre asoció ese inesperado bienestar con el hecho de que se lo había traído su amado maquinista, y así se convirtió en el olor característico de Valentina y, por ende, de mi casa. De ahí viene mi gusto por esa fragancia, querida Olivia: en cuanto abría la puerta, el aroma de la lavanda de mi madre me daba la bienvenida al hogar, al igual que el eterno traqueteo de su máquina de coser… ¡Qué tiempos!

Ángela cerró los ojos. Imaginé que se veía al otro lado del charco, junto a una joven Valentina, en un tiempo y una vida pasados, pero aún tan vivos en sus recuerdos…

—Mi padre murió cuando yo tenía dieciséis años. Fue un golpe terrible para las dos, sobre todo para mi madre. Por aquel entonces mis padres habían comprado ya la casa en la que vivíamos y mamá trabajaba para grandes modistas de alta costura, porque sabían de su buen hacer y de su discreción. Ella aún era joven y guapa, apenas tenía cuarenta años, y fueron muchos los hombres que llamaron a su puerta. Valentina los rechazó a todos; su corazón era de Mateo, así sería hasta su muerte. Guardó con mimo la vieja navaja de papá y siempre la llevaba consigo.

A veces la sacaba y se pasaba un rato mirándola, acariciando los cachetes de madera como si acariciase a su maquinista. Sé que nunca superó su muerte. Pero la vida continuó, y ella y yo nos volvimos inseparables; más que madre e hija, cómplices. Hasta mis veintiún años.

Ángela iba haciendo pausas de vez en cuando en su relato. Se acomodaba, bebía un poco de agua y retomaba la historia. Irma y yo la escuchábamos en silencio, no queríamos interrumpirla porque veíamos el enorme esfuerzo físico que le estaba costando rescatar y dar verbo a esos viejos recuerdos.

—En el año 1964 me trasladé a España, a Madrid, para estudiar en la Universidad Complutense la carrera de Derecho. Mi madre quería que fuera allí a hacerlo, no paraba de repetirme que tenía que volver a mi país, porque ella, en el fondo, también lo echaba de menos. Cuando llegué acá, la vida me resultó difícil, acostumbrada a un Buenos Aires bullicioso, al mar, a los paseos con mamá, al carácter argentino… Me sentía completamente desfasada. Encontré una amiga, otra porteña como yo, que me ayudó en mi adaptación y que, con el tiempo, se convirtió en mi confidente, mi apoyo, la hermana que nunca tuve. Ella estudiaba también en la Complutense, pero Medicina. Nos hicimos uña y carne, el frente femenino rioplatense de la universidad… —Ángela se echó a reír recordando lo que debieron de ser aquellos buenos viejos tiempos—. Decidimos alquilar juntas un apartamento en Moncloa. Mientras buscábamos, a mí se me ocurrió ir a visitar la antigua casa de mis padres en la calle de Granada. Recordaba siempre cómo papá hablaba de nuestro apartamento en Pacífico, cerca de la estación de Atocha, y de cómo pensar en el tiempo vivido allí con mi madre le había permitido ser fuerte para aguantar el período que pasó en prisión. Al principio solo me movía la curiosidad de ver el antiguo edificio donde se instalaron al casarse, el lugar en el que nací. Después, al ver que los precios en la zona eran más bajos que por Moncloa y que en metro no tardábamos mucho en llegar a la Universitaria, nos interesó una oferta de alquiler en el mismo bloque de nuestra antigua casa y resolvimos quedarnos.

Ángela se calló un momento y nos miró.

—He de deciros, queridas, que yo no estaba al tanto de lo que le había pasado a mi madre. Sabía que sufría de «estados melancólicos», que era como los llamaba mi padre. Él me había dicho que teníamos que abrazarla más cuando estuviera así, solo para que supiera lo mucho que la queríamos y conseguir que se le pasara. Crecí viendo a mamá con esas «letargias», cada vez menos frecuentes, pero que nunca la abandonaron y que yo achacaba a la nostalgia que sentía por España y por su antigua casa. Más tarde, cuando supe toda la verdad sobre este asunto, la experiencia con ella me ayudó a poder leer esos mismos signos en otras mujeres que habían sufrido, igual que Valentina, por culpa de algún desgraciado…

Ángela me buscó con los ojos, pero yo desvié la mirada hacia la ventana, y rápidamente continuó con la narración.

—En fin, que Elsa, como se llamaba mi amiga, y yo nos fuimos a instalar en el edificio donde había vivido mi familia antes de marchar a la Argentina. Hacía veinte años de aquello y aún había algunos vecinos de la época de mis padres, aunque la gran mayoría eran nuevos propietarios, ya que los pisos terminaron vendiéndose. Y por caprichos del azar, rentamos un apartamento que estaba en la misma planta que el del antiguo estraperlista.

Irma y yo abrimos los ojos y contuvimos la respiración, totalmente concentradas en la historia de nuestra amiga.

—Elsa y yo éramos jóvenes y guapas, y aquel miserable, que debía de tener entonces más de cincuenta años, nos pareció un viejo verde que no hacía más que salir al rellano para mirarnos con lujuria cada vez que entrábamos o salíamos. Lo cierto es que lo hacía con todas las chicas del edificio. Su fama lo precedía. Casi todos los vecinos lo miraban mal o se alejaban de él para evitar problemas, aunque ya no era el personaje poderoso y aterrador que fue en los años cuarenta. Solamente porque aquellas familias que se habían quedado en el bloque desde la época de mis padres contaban, con miedo y cierto respeto, las historias de lo que el tal Gervasio había hecho, el resto del vecindario le temía igualmente. Pero su época dorada de «gánster» estaba ya pasada y olvidada para todos los demás. Era un don nadie venido a menos, aunque seguía siendo igual de malnacido.

Yo no le había contado a mi madre la verdad de dónde nos habíamos instalado porque, después de mucho insistir, había conseguido que viniera por Navidad a verme a Madrid y quería darle la sorpresa. Así que, aunque le había hablado del vecino viejo verde que no paraba de mirarnos y que incluso había intentado abordar a Elsa (he de reconocer que ella siempre fue más vistosa que yo), mi madre lo único que me decía era que no nos acercásemos a él y que nunca lo dejásemos entrar en casa, pero sin saber de quién se trataba en realidad. De todas formas, no hacía falta que ella nos dijera eso, nosotras huíamos de él como de la peste. Era un tipo extraño, con un parche en un ojo, siempre mirando por detrás de su hombro, como si temiera que lo siguieran, pero a la vez un prepotente, un machista, un hijo de puta en definitiva.

»Una tarde, una semana antes de la llegada de mamá, Elsa volvió de la universidad antes de lo previsto. Al salir del ascensor, el vecino, como si tuviera un detector o estuviera pegado a la mirilla esperándola, abrió la puerta y fue directo hacia ella. Empezó a decirle que quería invitarla a salir un día, a cenar, que la llevaría a un buen restaurante, tal y como una mujer como ella se merecía. Mi amiga se alejó de él, pero la siguió hasta nuestro apartamento. Sacó una caja del bolsillo, como un pequeño joyero, y le dijo que lo guardaba para alguien especial y que le gustaría que ella lo tuviera. Elsa rechazó la oferta y se negó a aceptar su regalo, pero el hombre insistió. Asustada, tomó la caja, entró corriendo en casa y mientras cerraba con rapidez, él le gritó desde fuera que vendría a buscarla y que no se arrepentiría de conocer a un hombre de verdad. Después de eso, se fue escalera abajo, a la calle.

»Cuando yo llegué, dos horas más tarde, me encontré a mi amiga aún impactada por el encuentro vivido. Decía que no le gustaba ese sujeto e incluso llegó a plantearme que nos mudásemos a otro sitio. Intenté calmarla, le dije que no era más que un pesado que ladraba mucho, pero que no hacía nada, y que al día siguiente se lo diríamos al casero para que lo pusiera en su sitio. Después le pregunté qué había en la caja, y me dijo que con el miedo ni se había atrevido a tocarla. La cogí, curiosa de saber su contenido, la abrí y allí estaba el camafeo que mi padre le había regalado a mi madre.

Irma y yo nos miramos impactadas y, rápidamente, nos giramos hacia Ángela ansiosas por saber qué pasó.

—El objeto me resultó extrañamente familiar: en la foto de bodas de mis padres, mi madre lo llevaba colgado de una cadena idéntica a la que estaba en aquel cofrecito, pero en ese momento ni me di cuenta de que se trataba de la misma joya. Además, aunque yo la había visto desde pequeña en las fotos, mi madre me había contado que la había perdido durante el viaje, por lo que nunca pensé que volvería a verla.

»Esa noche, al irme a dormir, miré de nuevo los retratos de mis padres que tenía sobre la mesilla: Mateo enseñándome a montar en bicicleta y Valentina, joven y sonriente, el día de la boda. Y ahí me fijé en el camafeo. Corriendo fui a mostrarle mi descubrimiento a Elsa, ninguna daba crédito. Nos preguntamos si sería el mismo. Tenía que serlo. Mi madre, que casi no hablaba de él, un día, después de mucho insistir por saber su historia, terminó por decirme, escuetamente, que era una pieza única que perteneció a mi abuela paterna y que mi padre le regaló cuando se comprometieron. ¿Cómo había llegado a manos de aquel hombre? Decidí que al día siguiente iría a verlo para que me explicara dónde lo había encontrado. Elsa me suplicó que olvidara el asunto, que el vecino no le daba buena espina, que tenía miedo de él y de lo que pudiera hacer, pero no la escuché. A la mañana siguiente, me planté en su puerta decidida a obtener una respuesta que arrojara un poco de luz sobre todo aquel asunto.

Ángela se calló. Empezaba a estar cansada. El relato y el recuerdo de lo vivido estaban haciendo mella en su ya precaria salud. Temíamos que dijera que no podía seguir con la narración, pero no lo hizo. Pidió un poco de agua y después continuó con su historia.

—El hombre abrió con su habitual expresión huraña, pero al verme ésta se volvió algo más sonriente, un tanto fanfarrona: «¿Qué haces aquí? ¿Te manda tu amiga?». —Ángela intentaba modular la voz para simular la de un hombre—. Le pregunté que de dónde había sacado el camafeo y se lo mostré. Él miró el objeto en mi mano y con una sonrisa burlona me dijo que si yo también quería otro, que a qué venía esa pregunta. Cuando le contesté que aquella joya había sido de mi madre, enseguida comprendí que la había conocido y que había pasado algo entre ellos, su mirada lo decía todo. Me dijo: «Tú eres la hija de Valentina, Angelita». No contesté nada, algo en su tono de voz hizo que me echara para atrás. En esos momentos pensé que tenía que haber hecho caso a Elsa y no haber llamado nunca a esa puerta. «¡Vaya sorpresa! Y dime, ¿cómo está tu madre? ¿Aún se acuerda de mí?», continuó con su tono burlón. Yo, en un arranque de coraje, le grité que nunca había oído hablar de él, intentando aparentar que no lo temía. «No estoy tan seguro de ello. El que sí que me debe de recordar, y muy bien, debe de ser tu padre. Él sí que me jodió, y mucho, antes de marcharse de aquí. ¿Va a venir a verte? Porque me gustaría encontrármelo y aclarar unas cuantas cosas con él». Y cerró los puños, apretándolos, lo que me hizo sentir aún más en peligro.

»Pero yo quería obtener mi respuesta. No había llegado hasta allí para marcharme sin saber nada. Así que, con voz temblorosa, le interrogué otra vez por el camafeo. «¿No quieres preguntarle a tu madre? ¿No quieres oír de su boca que fue ella quien me lo dio por lo bien que se lo pasó conmigo, que le gustó tanto que tu padre tuvo que llevársela lejos de mí para que me olvidara?». Se acercó a un palmo de mi cara y, cuando quise retroceder, me cogió del brazo y continuó diciendo: «¿Y a tu padre?, ¿por qué no le preguntas qué es lo que hizo para poder pagar el viaje que os llevó a América? Tampoco te lo ha contado, ¿eh?».

»Me soltó de golpe y se quitó el parche sobre su ojo izquierdo, dejando al descubierto una enorme cicatriz que lo atravesaba cerrando el párpado. Se veía inservible, falto del globo ocular. Me eché hacia atrás, horrorizada, incapaz de asimilar todo lo que me estaba diciendo. «Tu padre me lo cortó. Me robó». Yo negaba con la cabeza, no quería seguir escuchándolo. Quise marcharme, pero volvió a coger mi brazo y, acercándose a mí, siguió hablando: «¿No querías saber? Pues vas a saber toda la verdad sobre tu querido papá. El muy desgraciado me quitó el dinero que tu madre me había pagado cuando buscaba leche para ti y que solo yo pude conseguirle mientras él se pudría en la cárcel por comunista. Mateo, el bueno, el santo, vino a buscarme con un expresidiario amigo suyo, otro rojo hijo de la gran puta, para intentar matarme. Me llevaron a un descampado, donde me torturaron, me dejaron tuerto y después me abandonaron como a un perro. Pasé mucho tiempo en el hospital hasta que me recuperé. Después quise vengarme, pero ya os habíais marchado. Al final me di por vencido, pero me consolé pensando que el tiempo pone a cada uno en su sitio… Y ahora te tengo a ti, princesita, al alcance de mi mano…».

»Estaba asustada, era incapaz de creer aquello. Lo único que quería era alejarme de aquel energúmeno. Lo empujé con todas mis fuerzas y me liberé de su garra. Eché a correr hacia mi casa. Él se quedó en el rellano, en el umbral de su puerta, con una sonrisa que, por mucho tiempo, me persiguió en sueños. Al entrar me encontré a Elsa, que, expectante, esperaba que le contara lo que había pasado. Estaba aún tan impresionada por lo sucedido que no paraba de temblar. Mi amiga me preparó una manzanilla y me puso una manta sobre los hombros. En mi cabeza resonaban una y otra vez las palabras de aquel hombre y las imágenes más horribles atravesaban mi mente como en una película de terror. Tenía que hablar con mi madre para que me aclarase todo aquello, pero ¿cómo? No podía ni quería creer lo que me había contado, aunque, de alguna manera, entendía que había algo de verdad en algunas de las cosas que me había dicho.

»Mi compañera y yo nos fuimos a casa de unas amigas de Elsa a dormir esa noche y decidimos que al día siguiente, sin falta, empezaríamos a buscar otro apartamento para mudarnos inmediatamente. Mi madre llegaría en unos días y de ninguna manera tenía que cruzarse con semejante bastardo. Pasamos el tiempo que quedaba hasta su llegada buscando algo, aunque fuera temporal, pero no encontramos nada al alcance de nuestros bolsillos. Las chicas que nos alojaban nos propusieron que nos quedáramos con ellas el tiempo que quisiéramos mientras duraban las supuestas obras en nuestro piso, que era la excusa que dimos a todo el mundo, y me dijeron además que mamá podría instalarse igualmente en la habitación que compartíamos nosotras dos. Así que optamos por continuar con la pantomima hasta que mi madre se fuera, quince días después.

»La visita de Valentina al principio fue sin ningún problema. La llevamos por todas partes, nos divertimos como niñas. Eran las vacaciones de Navidad, hacía frío, pero Madrid estaba preciosa con los adornos y las luces. Un día que Elsa y yo fuimos a comprar regalos y que mamá se quedó en casa con nuestras amigas, les preguntó a las chicas por nuestro apartamento. Pensaba que tardaban demasiado con las obras y quiso saber más sobre él, incluso si podría ir a visitarlo. Las chicas, entonces, le dijeron que a lo mejor el casero podría enseñárselo y le dieron la dirección.

»Cuando llegamos aquella tarde Elsa y yo, la cara de mamá era todo un poema. Me pidió que saliéramos a pasear, que necesitaba tomar el aire, y en cuanto abandonamos el edificio, me miró y me dijo: «Dime la verdad, Ángela. ¿Por qué me ocultaste dónde estaba vuestro apartamento y por qué no quieres que vayamos allí?». Sus ojos negros tenían esa extraña oscuridad que se asomaba a ellos cuando recordaba su pasado, y desvié la mirada. No tenía aún muy claro lo que responder y le dije atropelladamente que quería darle una sorpresa, pero que las cosas no habían salido como imaginaba… No me dejó terminar de hablar. «Ángela», me miró con una cara que nunca antes le había visto, «el viejo verde del que me hablabas, el vecino, ¿ha pasado algo con él?». Y ahí entendí que ella sabía muy bien de quién se trataba.

»Por un momento pensé en contarle todo, en pedirle explicaciones, quería saber la verdad. Pero me dio miedo remover esos recuerdos. No quería hacerle hablar de algo que había callado por tanto tiempo. Cabía incluso la posibilidad de que no supiera de las acciones de mi padre, y no podía calibrar el daño que le causaría si se enteraba de todo aquello. Así que decidí mentirle y le dije que no. «Entonces ¿de dónde viene esto?», me preguntó abriendo su mano, en la que pude ver el camafeo.

»Estaba aturdida y no sabía qué hacer, me senté en uno de los peldaños del portal. Mamá hizo lo mismo. Estuvimos un largo rato en silencio hasta que de pronto comenzó a hablar. Me contó toda la historia: la cárcel, mi nacimiento prematuro, la falta de alimento, la búsqueda de leche y, después, todo lo que aquel hombre le había hecho. Y cuando creí que ya había terminado el relato, continuó hablándome de papá: «Tu padre sufrió enormemente por todo aquello. Se culpabilizó por no haber estado allí para impedirlo, para cuidarnos. Entonces empezó a planear nuestra partida a América en busca de una nueva vida. Le dije que sin dinero y con aquel desgraciado jurándonos que no nos dejaría nunca en paz, no teníamos ninguna posibilidad de escapar. Pero él me aseguró que se encargaría de todo, que para eso estaba ahora allí y que gracias a sus contactos conseguiríamos marcharnos. Y así lo creí durante años, que sus amigos nos habían ayudado en nuestro nuevo comienzo».

»Pero poco antes de morir le contó toda la verdad de lo que pasó. Le dijo que acudió a alguien que había conocido en la cárcel, un bala perdida al que había ayudado, y le pidió que lo acompañara a asustar a don Gervasio, no porque él solo no pudiera, sino porque había límites que mi padre no sabía si, llegado el momento, llegaría a franquear. Le explicó que era un comerciante abusador y ladrón, que había robado a mi madre mientras él estaba en prisión y que quería recuperar lo que le había quitado y darle un buen escarmiento para que se mantuviera lejos de nosotras. El chaval enseguida aceptó ayudarlo, porque le debía una a mi padre, pero imagino que también pensando sacar tajada del asunto. Cuando llegaron a la casa del estraperlista, lo encontraron solo. «El Bigotes», que así llamaban al compañero de prisión de mi padre, sacó una navaja de barbero y se la puso en el cuello. Le dijo que se quedara calladito si apreciaba algo su vida y le pidió a papá que buscara todo lo que le había robado. Mateo recuperó la cantidad de dinero que mi madre le había entregado, pero no encontró el camafeo. El estraperlista le mintió, le dijo que lo había vendido. Entonces «el Bigotes» insistió en que lo llevasen a dar una vuelta a un descampado que conocía, no lejos de la estación. Una vez allí, le propinaron entre los dos una paliza tremenda. Don Gervasio gritaba como un loco, insultándolos, amenazándolos de muerte a ambos, pero «el Bigotes», sin mediar palabra, cogió la navaja de barbero y le dio una cuchillada en medio del ojo. El hombre dejó de aullar. Mi padre lo agarró del cuello y le dijo que si volvía a acercarse a mi madre lo destriparía como a un cerdo. «El Bigotes» le sacó un grueso anillo de oro que llevaba en el meñique y se lo quedó como recompensa. Después se marcharon, dejándolo tirado en su propia sangre. «Pero el muy bastardo no está muerto. Mi maquinista sí y él no». Mi madre se calló y con una rabia que nunca le había escuchado en la voz, añadió: «Dime la verdad, Ángela. ¿Qué pasó con él? ¿Os hizo algo? ¿Os atacó?».Y le conté todo lo ocurrido.

»Mi madre escuchó sin pronunciar palabra. Cuando terminé, me pidió que fuera con las chicas, que ella necesitaba pasear un poco para ordenar sus ideas.Y así hice, subí y la dejé sola. Al entrar en casa encontré a Elsa y le conté todo lo que había pasado. Ella me dejó hablar hasta el final sin decir nada. Después, cuando terminé, me dijo: «Ángela, tu madre se ha ido a buscarlo».

Irma y yo la mirábamos con la boca abierta, expectantes. La anciana mujer seguía recostada tranquilamente sobre los almohadones apilados en la cama, mirando la puerta sin verla, como si en su superficie se estuviese proyectando una película con los hechos que acababa de narrar. Pasó un buen rato, algunos minutos, y no había ninguna reacción. Un profundo aroma a lavanda invadió de pronto la habitación. Irma se acercó a ella y la llamó. Ninguna respuesta. No se escuchaba nada. Se aproximó a su pecho, tomó su muñeca, no había pulso. Ángela acababa de fallecer.

TERCERA PARTE

1. El testamento

—Hola, Irma.

—¿Oli? ¿Estás bien?

Sabía que mi silencio resultaba incómodo para mi amiga, pero era todo lo que en ese momento podía responder.

—¿Quieres que vayamos a tomar un café? —insistió.

—Es un poco tarde y tengo trabajo.

—Entiendo. De todas formas, nos veremos mañana en el despacho del señor Gálvez, ¿verdad?

—Sí.

—Oli…, lo que ocurrió no es nuestra culpa, tenía que pasar y…

—Y nosotras lo precipitamos haciéndole reabrir viejas heridas.

—Eso no es así, Olivia. Sabes que Ángela quería contarnos la historia, quizás ella misma lo buscaba, desahogarse con nosotras antes de morir. Estaba ya muy mal, el médico nos había advertido que podía ocurrir en cualquier momento…

—Irma, comprendo lo que dices, me lo repito cada día desde que pasó, pero no puedo dejar de sentirme así. Y mañana leerán su testamento, lo que me revuelve todavía más.

—Lo sé. A mí me pasa igual. Por eso no deberíamos estar separadas en este momento, Ángela no lo hubiera querido. Si lo piensas, fue ella la que nos unió.

Recordé los últimos meses, los más intensos que había vivido desde… Bueno, casi desde siempre. El fallecimiento de

Ángela había hecho que me replegara de nuevo sobre mí misma; de alguna manera me sentía responsable y ni siquiera había sido capaz de llorarla. La autopsia había determinado un «fallo cardiorrespiratorio» y que la causa del mismo fue debida a su enfermedad. Pero ese último encuentro en el que Ángela buceó de lleno en los oscuros y enterrados rincones de su memoria había acelerado su final. Sabía que Irma tenía razón, que Ángela quería contarnos esa parte de su vida y de su familia; sin embargo, asistir a su muerte, escuchar esa historia inconclusa, fue muy fuerte para mí y no paraba de preguntarme si acaso no hubiésemos podido evitar que se nos fuera tan pronto.

—Nos vemos mañana, Irma. Gracias por llamar. —Y colgué.

★★★

—Doña Ángela Fonseca Vargas, vecina de Madrid, con documento nacional de identidad…

Irma me observaba mientras el abogado daba lectura al testamento de nuestra difunta amiga.

—Al no tener herederos directos, la abajo firmante lega todas sus posesiones a la Asociación MF, contra el maltrato y la violencia de género, de la que era miembro fundador y activo, a excepción de la vivienda de su propiedad, sita en Madrid, en la calle de Granada número…, Piso…, puerta…, y que la señora Fonseca lega a doña Olivia Moreno García…

Dirigí la vista hacia el letrado sin comprender nada. ¿De qué vivienda hablaba? ¿Por qué yo? ¿Por qué no Irma, que era casi su hija? Me giré buscando a mi amiga y vi que me miraba con la boca abierta, supuse que tan sorprendida como lo estaba yo.

La lectura del testamento terminó y las pocas personas congregadas en el despacho del abogado comenzaron a salir lentamente. Me quedé sentada, sin moverme. Necesitaba una explicación, aquello no tenía ningún sentido. El señor Gálvez se acercó, creo que leyó en mis ojos la pregunta que no llegué a formular.

—Su señoría era una mujer bastante discreta, poco o nada contaba de su vida personal o de sus logros. Sé que nadie sabía que era propietaria del antiguo piso que rentaban sus padres, aunque no vivía allí desde la muerte de su madre, hace ya muchos años… —Hizo una ligera pausa y continuó—: Quizás aquí encuentre la respuesta que necesita —dijo mientras extendía la mano y me entregaba un sobre—. La espero mañana para la firma de los documentos y la entrega de la llave.

Farfullé un «gracias, hasta luego» y me puse en pie para irme.

—Señorita Vidal, espere un momento, por favor —añadió casi a gritos el abogado, viendo que Irma estaba a punto de marcharse de su oficina.

Al salir del portal, me senté en un banco a esperarla. Cuando llegó, no sabía qué hacer. Pensaba que estaría molesta conmigo por lo que acababa de ocurrir, pero, lejos de eso, Irma se acercó a mí y me abrazó. Me dejé llevar por su abrazo y por fin pude soltar todo lo que me angustiaba desde la pérdida de nuestra mutua amiga.

—Lo siento —acerté a decir entre sollozos.

—¡No digas tonterías, Oli! ¿Qué es lo que sientes?, ¿que Ángela estaba llena de misterios? Eso no cambia mi opinión sobre ella. Siempre estaba dispuesta a ayudar a quien se lo pidiera, o incluso sin que lo hicieran, como ha hecho contigo. Nunca dejó de luchar en lo que creía y sabía muy bien lo que hacía. En eso no se parecía a mí… —Ladeó la cabeza y sonrió—. Estuvo a mi lado cuando más la necesité. No, Olivia, no te disculpes por nada, y mucho menos por los actos de otros.

—¿Y ahora?

—Pues nada, lo primero será ir a ver el piso. ¿Qué te ha dicho el abogado?

—Me ha dado cita mañana para firmar los papeles y para darme las llaves. —Titubeé un poco y después añadí—: Vienes conmigo, ¿verdad, Irma?

—¡Por supuesto, Oli! Si crees que me voy a perder esto, es que no me conoces para nada…

Y empezó a hurgar en su bolso hasta que sacó de él un estuche.

—¿Qué es? —pregunté sorprendida.

—Más misterios de nuestra difunta amiga. ¿Recuerdas el camafeo de Valentina, el que Mateo le regaló el día de la boda? —Asentí con la cabeza—. El abogado me lo ha dado siguiendo las instrucciones de Ángela.

Moría de curiosidad por verlo. A veces un obsequio podía determinar la vida de una persona. Ese camafeo lo había hecho en dos ocasiones. Le dije a mi amiga que era mejor esperar a llegar a casa y tener un café entre las manos para examinar con calma la joya y descubrir lo que contuviera el sobre que el señor Gálvez me había entregado.

★★★

Querida Olivia:

Si estás leyendo esta carta, es porque yo ya estaré muerta y mi abogado te habrá informado de la herencia que te lego.

Sé que os estaréis preguntando sobre la casa; digo «os» porque estoy convencida de que mi querida Irma está contigo mientras sostienes esta carta entre tus manos. Lo que no sé es si os habré podido contar el final de la historia de Valentina, mi madre. No puedo escribiros todo lo que pasó, sería una tarea compleja para mí en estos momentos. Solo os diré que, después de pensárselo mucho, mamá decidió dejar la Argentina y separarse de su querido maquinista para venir a Madrid a instalarse conmigo. Para ello, vendió nuestra casa en Buenos Aires y compró el antiguo piso en el que comenzó su vida de casada con papá, que, curiosamente, estaba a la venta. Elsa, una amiga argentina de mi época universitaria, y yo nos instalamos con ella mientras hacíamos nuestros estudios, y Valentina volvió a trabajar en la costura.

Con el tiempo, fuimos nosotras las que nos pusimos a trabajar. Nos trasladaron a otros lugares, y mamá se quedó sola, rodeada de su memoria, en el viejo piso de la calle de Granada, hasta su muerte. Cuando esto ocurrió, hace quince años, decidí volver a Madrid. Al principio me alojé en la casa. No quise tocarla para mantener viva la presencia de Valentina y, por ende, de Mateo. Pero con el tiempo, no pude soportar estar allí sin ella, sitiada por un pasado que, a ratos, me atormentaba por los dulces recuerdos y, en otras ocasiones, por las pesadillas más lúgubres. Por eso me instalé en el que ahora es tu apartamento, Olivia.

Nunca tuve ánimo para alquilar la casa de la calle de Granada. Se quedó así, tal cual la había dejado Valentina, con sus muebles, su máquina de coser, sus espíritus. Siento no haber podido arreglarla para ti, pero ojalá sea el punto de partida que marque el principio de tu historia, la que estás a punto de iniciar, lejos de tu marido, del que espero dejes de huir y afrontes para que tenga el fin que se merece.

No te preocupes, Olivia, te vamos a ayudar. Gálvez ha sido bien instruido para que, llegado el momento, te apoye, legalmente hablando, en todo lo que necesites. Irma es casi tu hermana y sé que nunca te dejará sola. Y yo siempre estaré a tu lado.

Cuídate.

Os quiero mucho, mis niñas.

Ángela

La carta de nuestra difunta amiga no nos había esclarecido mucho sobre el final de la historia de Valentina, pero sí nos sumió en una profunda tristeza tras su lectura. Aún estábamos confundidas.

—Bueno, pues ahora ya sabemos de dónde viene el piso —dijo Irma, rompiendo el silencio que rondaba intentando acomodarse junto a nuestro pesar.

—Ya. Mañana lo veremos —le contesté resignada—. Ahora entiendo por qué nunca se planteó comprar el apartamento en el que vivo yo. Siempre me pregunté por qué no lo había hecho después de vivir en él casi quince años. Pero ya tenía otra casa, la de su familia, su antiguo hogar, y no le interesaba poseer ninguna más.

—Sí, Oli, Ángela no se aferraba a lo material, eso ya lo sabía. Igual que sabía que había luchado mucho por la igualdad de las mujeres y contra la violencia de género, pero nunca imaginé que hubiese llegado a fundar una asociación para ello. Y parece ser que todo lo que ganaba lo invertía en ella, ya viste que le legó todo. Jamás comentó nada. Era una mujer excepcional.

Y las dos nos miramos a punto de romper a llorar. Pero cuando nuestras lágrimas apenas asomaban por el canto interno del ojo, Irma, de un brinco, se levantó del sofá.

—¡Oli, casi lo olvido!

Cogió su bolso y comenzó a rebuscar en su interior. Volvió en décimas de segundo con el estuche del camafeo en la mano. Yo tampoco había vuelto a pensar en él.

—¡Ábrelo! —La excitación me hizo elevar el tono de voz, como si estuviese gritando.

Irma me miró sorprendida.

—¡Ey, Oli! ¡Tranqui! Ya voy.

Por una vez era yo la ansiosa, como si nuestros roles se hubiesen invertido. No entendía por qué la curiosidad me invadía de aquella manera.

Irma abrió el estuche y allí estaba el camafeo de Valentina, de forma ovalada y hecho de madreperla. En él se distinguía un perfil de mujer mirando hacia la izquierda. Podría ser una diosa griega, una musa del Romanticismo, no lo sabíamos. Lo que sí conocíamos era que aquella herencia familiar estaba extrañamente ligada a ellos. Había sido un regalo que simbolizaba para Mateo el profundo amor que profesaba a Valentina, puesto que se lo entregó como compromiso de boda. Después, cuando ella se lo dio a aquel monstruo, se convirtió en lo que pensó que sería parte de su rescate y del de su hija. Pero no lo fue. Y lejos de desaparecer de sus vidas, el camafeo volvió, como un *boomerang* que ya no se espera, trayendo consigo un pasado del que Valentina nunca hubiera querido hablar a su hija, y mucho menos revivir. El papel de aquella joya en toda la historia de la familia de Ángela era fundamental, quizás por eso quería verla con mis propios ojos, como la pieza clave de un extraño engranaje.

Que Ángela se la hubiese legado a Irma era lógico, ya que era un objeto que siempre había estado en su familia. Entre ellas dos existió un vínculo muy especial que iba más allá de la simple amistad. Al verlo ante mis ojos en las manos de mi amiga, sentí que no solo quería dejarle esa herencia por el valor material que tuviese, además del sentimental, sino también para que perdurara en el tiempo, para que, algún día y llegado el momento, Gabriel pudiera recibirla y continuar la tradición, como el vestigio familiar que era y como muestra de la unión que existía entre ellos tres. Eso me conmovió.

—Irma, Ángela te quería como a una hija —le dije sin que esta vez pudiera contener las lágrimas.

Mi amiga me abrazó, y las dos nos dejamos mecer en silencio intentando ahuyentar el vacío que dejan al marcharse aquellos que amamos.

2. La casa

El edificio era tal y como lo había imaginado después de leer el diario de Valentina. Era imponente, parecía un cuartel y casi ocupaba toda la manzana. Se veía una construcción sólida a pesar de tener cerca de noventa años. Claro está que había sido remodelado tanto en su fachada como en el interior, pero aún conservaba ese aspecto castrense.

No sé si fue la excitación o la impaciencia lo que me impidió abrir la puerta del piso. Irma me empujó con suavidad, haciéndome a un lado, y con un leve giro de su muñeca liberó el cerrojo. Al abrir, un fuerte olor a cerrado y a polvo nos rodeó, casi de forma tangible. Había un silencio anormalmente extraño para un edificio con tantos vecinos. La claridad que entraba desde el rellano creaba figuras fantasmagóricas sobre los muebles y paredes y las dos nos miramos con recelo. Irma se adentró en aquel agujero oscuro y palpó a los lados de las paredes contiguas buscando un interruptor. Cuando por fin lo encontró y lo pulsó, una luz mortecina proveniente de una pesada lámpara de bronce antigua iluminó el piso. Parecía que en vez de haber abierto la puerta de una casa hubiésemos atravesado un portal del tiempo.

La pequeña entrada tenía uno de esos muebles inclasificables para colocar paraguas, sombreros y llaves, con un espejo donde el azogue empezaba a perder su negrura, devolviendo un reflejo filtrado de nosotras mismas. El salón exhibía un mobiliario geométrico de los años sesenta o setenta en el que destacaba el sofá, de un indescriptible tono entre el naranja y el color teja.

Me dirigí a la ventana para abrirla y airear. Cuando retiré las pesadas cortinas, el sol hizo que tuviésemos una visión más clara de todo. El apartamento era pequeño, aunque el salón comedor era bastante amplio. Había una cocina estrecha, un baño completo y dos habitaciones.

Irma iba y venía por todas las piezas, entrando, saliendo, abriendo puertas, curioseando, como una niña en una tienda de juguetes. Yo me puse a mirar el mueble mural del salón, sobre el que se exponían diferentes momentos de la vida de la familia en fotografías a color y en blanco y negro. Había una de Ángela con su toga de jueza, casi en el centro de todo, junto con una vieja foto de Valentina y Mateo con su hija el día de la comunión. Todos estaban muertos. Me sobrecogió pensar en lo efímero de nuestras vidas y en la huella que dejan a su paso los que nos quieren, tan profunda y señalada a veces, mientras que otras apenas es visible, como si hubiesen caminado de puntillas a propósito para no dejar marcas que nos condicionen.

Un aroma a comida casera fue invadiendo la pieza. Era casi la hora del almuerzo y los diferentes olores de guisos y condimentos de las cocinas vecinas me hicieron recordar que aún no habíamos comido. Apenas habíamos desayunado con las prisas de llegar pronto al despacho del abogado para ver la casa lo antes posible.

Fui a buscar a Irma para proponerle ir juntas a almorzar algo y volver más tarde a seguir inspeccionando la casa. La encontré en la habitación más pequeña, la que debió de ser de Ángela. Había dos camas individuales y una cómoda, sobre la que se encontraban otras fotos de nuestra difunta amiga. En una de ellas estaba con otra chica, se las veía jóvenes y sonrientes. Por la moda y por la edad, debía de ser una foto de los años sesenta, de cuando vino a Madrid a estudiar Derecho.

—Mira, Oli —me dijo señalando esa misma fotografía—. Esta debe de ser Elsa.

¡Elsa! ¡Hasta ese momento no había vuelto a acordarme de ella! Era la amiga argentina de Ángela de la época de la universidad. Y en su carta decía que Elsa vivió con ellas en el piso durante un par de años. ¿Cómo no se nos había ocurrido? Estábamos tan excitadas con la idea de visitar la casa lo antes posible que nos olvidamos del resto. Teníamos que encontrarla. Si aún estaba viva y si no se había vuelto a Argentina, podría explicarnos realmente qué ocurrió aquella fatídica noche en que Ángela descubrió toda la verdad de lo que vivió su madre.

Un temblor extraño comenzó a invadirme, como si cientos de gotas de agua helada recorriesen mi espalda. Empezaba a ser consciente de que nos acercábamos al final de la historia que me había hecho reflotar tantos sentimientos asfixiados y casi muertos en mi interior. Pero también me acababa de dar cuenta de que los terribles hechos que en ella ocurrían habían tenido lugar allí mismo, en ese edificio, unos metros más allá de aquel apartamento. Lo que hasta entonces no había sido más que un relato para nosotras, casi un cuento, empezaba a concretarse como una realidad, pasada hacía mucho tiempo, pero cierta, tanto como que en ese momento estábamos ahí.

—¡Irma! —dije mirando a mi amiga, con la certeza de que ella había pensado lo mismo que yo—. Hay que encontrar a Elsa para saber el final de toda esta historia.

—¿Crees que aún estará viva? Y, si es así, ¿crees que conocerá ese final? Recuerda que Ángela nos dijo que solo ella lo sabía…

—Lo sé, pero no perdemos nada por intentarlo. Y yo quiero saber, necesito saber qué pasó.

—Yo también. ¿Por dónde empezamos? —me dijo Irma decidida.

—¿Qué tal si comemos algo? ¡Me muero de hambre!

★★★

Volvimos al apartamento tras almorzar rápidamente: había que localizar a Elsa. Teníamos que buscar en todos los armarios y cajones un hilo del que tirar. Irma fue a la habitación de las chicas y yo a la de Valentina.

Lo primero que llamó mi atención al entrar en el cuarto de la madre de Ángela fue la vieja máquina de coser. Se erguía orgullosa bajo la ventana, como una réplica material de la que fue su poseedora. La imaginé sentada cosiendo en ella, meciendo sus pies para impulsar el suave traqueteo del aparato, dirigiendo con sus hábiles manos la costura de pedazos de tela que, con su saber hacer, tomaban la forma del cuerpo de la clienta. Deslicé una mano por el brazo hacia la rueda. Me tentaba hacerla girar y escuchar el sonido entrecortado de la máquina, como el de una locomotora. Pero no estaba allí para eso. Ahora tenía que centrarme en encontrar algún indicio de Elsa.

Me dirigí al armario. Al abrirlo me impresionó el orden en que estaba todo, bien dispuesto como si lo acabasen de colocar. Revolví entre las cosas de Valentina y, mientras lo hacía, liberé el perfume a naftalina que impregnaba la ropa. Allí no había nada que nos diera una pista del paradero de Elsa. Miré en la cómoda; en sus cajones había más prendas, algunas de hombre, seguramente un recuerdo de Mateo, y no pude evitar sentir una enorme ternura. Había también papeles, documentos y algunas fotografías. Rebusqué en ellas y nada, ni rastro de Elsa. Quizás no encontraríamos nada de ella, a lo mejor quisieron borrar su paso por la casa. Comenzaba a desesperar cuando Irma irrumpió triunfal con una agenda en la mano.

—¡Apareció, Oli! —dijo a gritos, mostrándome un número de teléfono de una línea fija, detrás de una anotación en la que ponía «Elsa Quiroga»—. Bueno, ¿qué? ¿Llamamos?

—Primero habrá que pensar en qué le vamos a decir —le dije a Irma mientras hurgaba en mi bolso buscando mi móvil—. No podemos abordarla así, por las…

No pude terminar la frase. Irma me tocó el brazo y me señaló su teléfono a la vez que me hacía un gesto para que me callase. Acababa de llamar.

—Ponlo en altavoz —le pedí mientras negaba con la cabeza. La paciencia no era su mejor virtud.

El sonido de llamada marcaba el ritmo expectante de las dos, como un latido unísono. Pasaron unos segundos interminables y, cuando Irma estaba a punto de colgar, defraudadas por la falta de respuesta, oímos un «¿hola?» proveniente del otro lado de la línea.

—¿Quién es? —insistió nuestra interlocutora al no tener una respuesta rápida.

—Buenas tardes. Quería hablar con Elsa, por favor, Elsa Quiroga —dijo finalmente Irma.

—Soy *sho*. ¿Con quién hablo?

Irma me cogió de la mano y me la apretó, sonriendo entusiasmada.

—Me llamo Irma Vidal, he sido vecina y amiga de Ángela Fonseca. Ángela acaba de fallecer, pero me habló mucho de usted.

Bueno, nos habló a mi amiga y a mí. Nos gustaría conocerla, ¿sería posible?

Irma se calló, esperando alguna reacción por parte de la anciana mujer, pero solo había silencio al otro lado de la línea. Al menos no nos había colgado. Entonces seguí hablando yo:

—Señora Quiroga, buenas tardes. Soy la otra amiga de Ángela, Olivia Moreno. Le pido disculpas si nos hemos presentado así, de esta manera tan poco… convencional, pero la verdad es que nos encantaría poder hablar con usted. —No tenía muy claro cómo seguir y decidí improvisar—: Prometemos no molestarla mucho, solo queremos entregarle algunas fotos y cartas de Ángela y usted que hemos encontrado en el piso de la calle de Granada y…

—¿Están en la casa de la *cashe* de Granada? —nos preguntó Elsa bruscamente.

—Sí —respondió Irma.

Silencio.

—¿Hola?, ¿sigue ahí? —interrogué yo.

—Sí, acá estoy.

Y se volvió a callar. El silencio nos envolvió, al igual que a la estancia y a toda la casa.

—Hacía mucho que no sabía nada de Ángela. La vida nos separó. Bueno, a lo mejor nos separamos nosotras, quién sabe… —Su voz era suave, con el acento y la musicalidad argentinos aún claramente marcados—. Y ahora *sha* no está.

De nuevo se hizo el silencio. Irma y yo nos miramos interrogantes. Segundos después, le dije:

—Señora Quiroga, nosotras no…

—Olivia, ¿verdad? —me cortó en seco Elsa.

—Sí.

—Las voy a ver, se lo prometo. Fuimos muy buenas amigas y me gustaría encontrarme con ustedes y charlar. Déjenme un número de celular. *Sho* las contactaré.

Le pasé el mío, porque Irma en su trabajo no solía contestar al teléfono. Elsa se despidió y colgó. Miré a mi amiga; por su expresión, estaba tan impactada como yo.

—¿Tú crees que nos llamará? —me preguntó.

—Sí. Si no, no nos habría pedido el número.

—¿Y nos contará lo que pasó? Después de tantas cosas, yo ya no sé si lo llegaremos a saber algún día.

—No lo sé, Irma, eso espero. —Pero no estaba nada convencida de que Elsa nos fuera a llamar ni a contar nada.

Después de aquello, recogimos las cosas en la casa, cerramos bien puertas y ventanas y volvimos a nuestras vidas, a la espera de que se produjera la llamada.

Pasaron tres semanas sin noticias. Irma y yo ya no hablábamos del tema. Los últimos diez días pasamos las tardes en el piso seleccionando todo lo que no queríamos guardar para donarlo, tirarlo o venderlo. Me había propuesto limpiarlo un poco y traerlo al siglo veintiuno para luego decidir si lo ponía en venta o me quedaba a vivir allí. Cuanto más tiempo pasábamos en él, menos hablábamos de Elsa, aunque su presencia era palpable en el lugar, al igual que la de Ángela y la de Valentina.

La mañana del vigésimo cuarto día después de haber llamado a Elsa, sonó mi móvil. En la pantalla aparecía escrito «E. Quiroga».

3. Elsa

Irma y yo nos miramos mientras Elsa fue a pedir que nos preparasen un café. Estábamos algo descolocadas en aquel ambiente de lujo y alto *standing,* como se podría leer en un folleto inmobiliario de la zona.

Lo cierto es que ninguna de las dos esperábamos encontrarnos con una mujer así. Al ser amiga de Ángela dimos por sentado que se parecería a ella: nada más lejos de la realidad. Elsa era una mujer de mundo, elegante y coqueta. Había sido médico, cirujana en una época en que este campo era casi exclusivamente masculino, lo que la endureció. Conoció al que fue su marido durante más de cuarenta años en un simposio del sector. Fue una mujer muy atractiva, se podía ver aún a pesar de su edad; además, las numerosas fotografías que había sobre los diferentes muebles y estantes de aquel enorme salón daban fe de ello. Y era, también, una mujer acostumbrada a vivir entre la clase alta, codeándose con celebridades y gente rica.

—Me costó mucho *shegar* a donde *shegué* en aquel momento. Luché contra el machismo establecido, sobre todo en un ámbito tan exclusivo como era la cirugía entonces; bueno, y ahora. Vi cómo la *mashor* parte de mis compañeras dejaban los estudios para casarse o porque no podían soportar la presión. Las pocas que quedaron se vieron casi obligadas a elegir especialidades como pediatría o ginecología, que parecían las más adecuadas a una mujer. Pero *sho* soy tozuda y aprendí a no dar mi brazo a torcer. Me endurecí y terminé consiguiendo lo que quería —nos contó con su marcado acento argentino y una gran sonrisa de satisfacción en la cara—. Por eso me casé tarde, porque no quería que nadie me cortase las alas. *Batashé*, y mucho, por lograr mi independencia y un reconocimiento en mi ámbito, y no iba a ser el «amor» el que me arrebatara el terreno ganado.

Miré la fotografía de la boda que estaba sobre una de las mesitas decorativas a uno de los lados del *old chesterfield* en cuero marrón oscuro. Observé esa triste sonrisa en el rostro del marido de Elsa, como aceptando ya de antemano cuál iba a ser su papel en aquella unión.

—Julián fue un buen hombre. *Sho* le dije: «Vos dejame mi espacio y *sho* te prometo que esto funcionará a las mil *maravishas*». Y así fue.

—¿Y tuvieron hijos? —preguntó curiosa Irma.

—Tuvimos tres varones, dos de ellos médicos. El menor nos salió ingeniero —añadió con cierto tono de resignación.

La empleada del servicio doméstico apareció con una bandeja de plata en la que traía un juego de café de porcelana y un par de platos con algunas pastas de té. La dejó en la mesa, cerca de nuestra anfitriona, que, educadamente, nos preguntó cómo lo queríamos y nos lo sirvió, con delicadeza pero firme. Aún tenía el buen pulso de una cirujana.

—Señora Quiroga… —comencé a decir.

—Elsa, por favor, *shamame* Elsa.

—Elsa… —dije entonces—, como ya le comentamos por teléfono, queríamos traerle algunas fotos y cartas que encontramos en la casa de la calle de Granada. Pensamos que querría guardarlas como recuerdo.

Abrí el bolso, las saqué y se las di. Elsa las miró y en sus ojos se pudo ver cierta nostalgia. Una fugaz sonrisa humanizó su rostro.

—Ángela era especial. Era una de las mejores personas que nunca he conocido —dijo sin levantar los ojos de una de las fotografías—. Siempre quería *ashudar* a todos, hasta cuando acababa de *shegar* y apenas conocía Madrid. *Sho* quería aconsejarla, facilitarle la instalación, y fue *esha* quien se ocupó de mí.

Los lacrimales se le humedecieron, pero rápidamente volvió a retomar la compostura.

—Les agradezco que me *hashan* traído estos viejos recuerdos de juventud. Hacía mucho tiempo que no pensaba en *aqueshos* tiempos. *Sho* estaba sola en España. Además, no venía de una familia rica, no se engañen, y Ángela se convirtió en mi hermana. Lastimosamente, nos perdimos la pista: el trabajo, el matrimonio, en mi caso, los compromisos de ambas. Lamento no haber hecho más por mantener el contacto —dijo negando con la cabeza en un vano intento de recuperar el tiempo perdido—. ¡Hasta su madre me trataba como a otra hija! —añadió.

Aproveché entonces esa mención a Valentina para intentar abordar el tema que nos había llevado hasta allí.

—Precisamente por eso también estamos aquí… —empecé a decirle.

Elsa levantó la vista de la fotografía que observaba y clavó sus ojos en los míos, de una manera casi hiriente.

—¿Qué querés saber? —dijo con un tono que no invitaba a las preguntas.

Lo obvié y continué hablando.

—Verá, Ángela nos dio los diarios de Valentina y nos contó una parte de la historia que no aparecía en ellos. Una parte, porque desconocemos el final, ya que murió antes de poder relatárnoslo. Después descubrí que me había dejado la casa de la calle de Granada en herencia y ahí vimos sus fotos y encontramos su número de teléfono.

Hice una pausa intentando escrutar el rostro de Elsa, sin mucho resultado. Lo bueno era que, aunque seguía callada, no me había impedido seguir hablando, y continué.

—Durante este tiempo que pasamos con Ángela, se llegó a convertir en alguien muy especial para nosotras, nos hizo sentir como sus hijas adoptivas. Su muerte nos ha dejado huérfanas y, además, con la incógnita de saber lo que pasó con Valentina. El abogado me entregó una carta el día que se abrió el testamento. En ella, Ángela mencionaba que usted había vivido por un tiempo con ella y con su madre en su casa, e Irma y yo pensamos que, a lo mejor, conoce la historia de primera mano y que podría contarnos el final.

Había pronunciado estas últimas frases tan bajito que dudaba de si Elsa había podido escuchar mis palabras. La miré, casi de soslayo; quería evitar el contacto visual con aquella mujer, me incomodaba.

Después de varios minutos de silencio, Elsa se puso en pie. Miré a Irma, que, extrañamente, no había dicho nada en todo ese tiempo. Parecía tan apocada como yo ante la enorme personalidad de la anciana.

Esperaba las educadas, o no tan educadas, palabras de despedida por parte de Elsa. Me preparé recogiendo mi bolso.

—Valentina era muy diferente a Ángela, pero tenían un gran punto en común, su instinto de protección. Ambas eran tremendamente protectoras entre sí y con los demás. —Las palabras de la mujer nos hicieron mirarnos interrogantes. ¿Por fin pondríamos término a la historia?

Entonces, sin que nos lo esperásemos, Elsa nos preguntó hasta dónde sabíamos. Irma empezó a hablar atropelladamente poniendo al corriente a nuestra anfitriona de nuestros conocimientos del caso; había estado callada por tanto tiempo que aquella invitación la hizo casi atragantarse por querer sacar todo lo reprimido desde que entramos en aquella casa del Viso.

★★★

Elsa se sentó de nuevo mientras Irma terminaba de relatar lo que sabíamos de la historia de Valentina. Cuando acabó, las dos miramos a la anciana mujer, intrigadas. Aquello me recordó demasiado el día en que Ángela murió mientras hablaba de su pasado y del de su madre. No quería pensar en ello, pero mi cerebro no paraba de reproducirme las mismas imágenes una y otra vez. Estaba a punto de levantarme, quería salir de allí para huir de mis propios recuerdos, cuando Elsa comenzó a hablar de nuevo.

—Esa noche, después de la conversación entre madre e hija, Ángela subió al apartamento de nuestras amigas, donde estábamos alojadas, y me contó lo que había pasado. Inmediatamente, le pregunté por Valentina. Cuando me respondió que le había dicho que necesitaba estar sola y que se había ido a dar una vuelta, supe que, en realidad, se había marchado a la casa de la *cashe* de Granada. Le transmití a Ángela mis sospechas y *esha* salió corriendo desesperada en busca de su madre.

»*Sho* me moría de miedo. Aquel hombre me hacía sentir mal cada vez que me lo encontraba, y después de saber lo que había vivido la mamá de Ángela con él, lo que menos quería era ir en su busca. Pero mi amiga me necesitaba y la seguí, porque no podía dejarla sola. Paramos un taxi y nos fuimos directas *ashá*. Cuando *shegamos,* Ángela apenas acertaba a meter la *shave* en la cerradura del portal por los nervios que la devoraban. Subimos apresuradas y encontramos a Valentina amenazando al tal Gervasio con una navaja. Aún tengo esa imagen en mi memoria, como si acabara de ocurrir. Algunos vecinos habían salido al *reshano*, alertados por los gritos, aunque nadie se atrevía a intervenir. La mujer estaba fuera de sí. Se veía en sus ojos que estaba decidida a terminar con la vida de aquel ruin despreciable. Le decía que había *shegado* el momento de que pagara por sus actos. Las dos nos acercamos despacio a *esha*, intentando disuadirla de cometer una locura. *Esha* empezó a gritar que la dejásemos, que se lo merecía, que no era más que un desgraciado que les había arruinado la vida y que matarlo era un acto de justicia. Que al tipo habría que castrarlo, torturarlo, tirar a los perros sus despojos…

»Nunca había visto a nadie en ese estado. Sus ojos daban miedo, hasta Ángela se quedó paralizada. El propio estraperlista, siempre tan hablador, había enmudecido al verse ante su antigua víctima, enajenada, y rodeado de personas que lo despreciaban, que si tuvieran que tomar partido en *aquesha* situación, se habrían puesto en su contra sin pensarlo.

»Ángela intentaba convencer a su madre con buenas palabras, que de nada servían. Me di cuenta entonces de que tenía que actuar. Me acerqué a Valentina con rapidez y de un empujón le tiré la navaja al suelo. Gervasio aprovechó ese momento para escabullirse entre los mirones, y Ángela y *sho* retuvimos a su madre, que gritaba y se debatía con todas sus fuerzas, como un animal acorralado y herido de muerte. *Aqueshos* gritos eran desgarradores, transmitían todo el sufrimiento de Valentina desde que fue atacada por aquel monstruo. Fue muy duro para las tres.

»Cuando por fin se calmó, la condujimos a nuestro apartamento. Los demás presentes se fueron a sus casas, comentando entre *eshos* lo que acababa de ocurrir. Valentina se dejó hacer, como una muñeca sin vida. Se sentó en el sofá, en silencio, y terminó quedándose dormida. Ángela y *sho* nos turnamos esa noche para vigilarla y no dejarla sola.

»A la mañana siguiente, Ángela se sentó a hablar con *esha*. Ahora ya sabía toda la verdad de lo ocurrido y se daba cuenta de que su madre aún no lo había superado. En un intento de *ashudarla,* le propuso que se quedase más tiempo en Madrid, con nosotras, y le prometió que encontraría la manera de destruir a aquel hombre.

»Valentina estaba arrepentida por lo que había pasado el día anterior y nos agradeció que hubiésemos intervenido, porque estaba decidida a acabar con él, aunque le hubiese costado la prisión o su vida. Aceptó la propuesta de quedarse una temporada en Madrid, y decidimos volver a instalarnos en nuestro piso de la *cashe* de Granada.

»Cuando volvimos a la casa, los vecinos vinieron a buscarnos. Estaban hartos del Gervasio. A raíz de lo que había pasado entre Valentina y él, varias chicas del edificio se quejaron también y se presentaron todas las protestas a la comunidad para que tomase las medidas más drásticas contra él. El presidente y Ángela hicieron todo lo posible por echarlo del inmueble. Ángela veía en eso la posibilidad de hacerle pagar una mínima parte de su culpa, ya que el delito que cometió contra su madre había prescrito hacía tiempo. Toda la campaña de desprestigio contra él funcionó, y se consiguió que la junta de vecinos iniciara una acción de cesación.

»El tipo era un gusano. Intentó desesperadamente pasar desapercibido para no *shamar* la atención con el fin de que lo dejaran tranquilo y poder seguir *ashá*. Pero solo, sin compinches, no era más que el cobarde que siempre fue. Y aunque tenía dinero, de nada le sirvió en esa ocasión, porque nadie estaba de su lado.

»Al final consiguieron expulsarlo de su casa. *Aquesho* lo demolió. Ninguneado por todos, sin domicilio y sin ninguna de sus «apariencias». Su mala fama hizo que le fuese difícil encontrar un lugar decente donde instalarse y terminó alcoholizándose día tras día hasta que reventó por dentro. Lo encontraron tirado en un parque, solo, rodeado de su vómito y sus excrementos.

»Pero eso lo supimos años más tarde, porque desde que se fue, *sha* no nos importó. En realidad, la única que hizo algo por vengarse de él fue Ángela en su lucha por echarlo de la casa, ya que Valentina, después de aquel encuentro cara a cara con él, lo olvidó y se volvió otra mujer. Había afrontado a su peor enemigo, lo había desafiado, empujada por aquel deseo incontrolable de querer matarlo, de querer borrarlo de la faz de la Tierra, y *sha* no le tenía miedo. El terror que la había consumido durante todos esos años lejos de su país había dado paso al desprecio, al asco que ese ser le producía, y lo que ahora buscaba era no volver a pensar en él ni en lo que le hizo. *Sha* no le iba a dedicar ni un segundo más de su vida. Valentina pasó página y decidió volver a España de manera definitiva, para estar cerca de su hija en su querido Madrid.

»Se enteró de que su antiguo apartamento estaba en venta y, sin pensárselo dos veces, lo compró. Vendió todo lo que tenía en Buenos Aires, se despidió de la tumba de Mateo, pero nunca de él. De hecho, creo que cuando se instaló en la casa de la *cashe* de Granada, se sintió más unida a él que antes. A veces, incluso, se podía sentir la presencia de su maquinista tan vívida que no me hubiera extrañado si lo hubiese visto paseando por las habitaciones.

»Poco a poco fue surgiendo en *esha* la idea de *ashudar* a otras mujeres que hubiesen vivido algún tipo de abuso. *Sha* tenía todo lo necesario, casa, trabajo y a su hija, y no quería nada más, así que decidió invertir sus ahorros en crear algo, una agrupación para comenzar a dar visibilidad a este tipo de violencia, que por aquel entonces importaba poco a la justicia y casi nada a la sociedad. Ángela se sumó a la idea, y entre las dos fundaron la Asociación MF, en honor a Mateo. Gálvez se les unió unos años más tarde y permaneció siempre al lado de las dos. La asociación fue el motor de Valentina el resto de su vida y marcó también la carrera de jueza de su hija.

Los ojos de Elsa estaban húmedos de recuerdos, y una sonrisa se acomodó en sus labios, cambiando por completo la expresión de mujer fría y de mundo que nos había brindado desde nuestra llegada. Irma y yo nos miramos emocionadas. Por fin entendíamos por qué la madre de Ángela había decidido instalarse de nuevo en su antigua casa.

Y el piso ahora era mío. Pensarlo me hizo sentir aún más parte de todo aquello. Ese era el legado que Ángela me había dejado: esa sensación de pertenecer a algo más grande, de tener de nuevo un hogar, una familia, que si bien no era sangre de mi sangre, era la que ella había elegido y creado tejiendo invisibles pero sólidos hilos de amor, comprensión y respeto. Me había dado un espacio cómodo y cálido en el que sentirme querida, apoyada, libre por fin.

4. El final

Aún resonaban las palabras de Elsa en mi cabeza mientras iba en el taxi hacia casa. Cuando salimos de nuestra reunión, Irma se fue a buscar a su novio y a su hijo, que se habían marchado de visita a casa de los padres de Gonzalo. Aunque me dio pena no poder comentar inmediatamente la entrevista con mi amiga, saber por fin cómo había terminado toda la historia de Valentina era liberador. Además, Irma prometió pasar a verme a su vuelta para que pudiésemos charlar largo y tendido sobre el encuentro.

Habían sido días muy intensos los que había vivido en tan poco tiempo. Ahora, sentada en ese taxi, sentía el peso de mi cuerpo y del cansancio, como si hubiese corrido una maratón, pero estaba feliz. De alguna forma, la historia de Valentina me había reconciliado con la vida. Bueno, había sido todo, un proceso que empezó el día de mi fuga y que se fue consolidando gracias al cariño y al apoyo de Irma y Ángela. Y ese corto período me había metamorfoseado, haciéndome pasar de crisálida a mariposa. Ahora solo tenía que volar.

Era tarde y quería llegar a casa, comer algo y tumbarme. Al día siguiente tenía una cita con el agente inmobiliario para tasar el piso y así decidir qué hacer con él. Cerré los ojos, dejándome mecer por el traqueteo del coche. Casi me quedé dormida.

El conductor me avisó de que habíamos llegado. Me desperté de aquel duermevela, le pagué, aún algo somnolienta, y salí hacia el portal. Se había hecho de noche. Rebusqué en mi bolso las llaves de casa. De reojo vi una figura dirigirse hacia el portal.

Encontré el llavero, abrí y entré en el vestíbulo a la vez que un vecino salía del ascensor. Lo saludé y rápidamente me metí en el montacargas. Mientras las puertas se cerraban, lo vi abrir la del portal y le escuché dar las buenas noches a alguien. Debía de ser la persona que había visto aproximarse al edificio segundos antes. Me alegré de no haber tenido que esperar la llegada del ascensor con alguien desconocido. Estaba cansada y ansiaba encontrarme en mi apartamento lo antes posible.

Llegué a mi piso y corriendo entré en casa. Dejé el bolso en el perchero, me quité los zapatos y fui a la cocina. Me apetecía tomar un poco de vino blanco y sentarme a no hacer nada, quizás dormir un poco hasta que Irma viniera.

Me recosté en el sofá sin llegar a tumbarme. Tenía los pies en alto y saboreaba el vino, dejándome llevar por aquella sensación de paz recién estrenada. Disfrutaba de mi soledad, de estar conmigo misma. Pensaba en Valentina, en Ángela, en Irma, en todo lo que me habían dado sin conocerme apenas, en el vínculo que se había establecido entre nosotras, en el pasado y, sobre todo, en el futuro.

¿Qué pasaría con el piso de la calle de Granada? Lo cierto es que cada vez más me inclinaba por venderlo. Aún tenía que verlo con el agente inmobiliario al día siguiente, eso sería el empujoncito final para decidirme. Como bien dijo Ángela cuando acabábamos de conocernos, las casas guardan algo de sus antiguos moradores, y esta guardaba demasiados recuerdos. Quería empezar mi propia historia, no desvincularme del pasado, pero tampoco sentirme agobiada por su peso.

El timbre de la puerta me sacó de mis reflexiones. Me levanté sonriendo para dejar entrar a mi querida Irma, deseosa de comentar el encuentro que habíamos tenido momentos antes con Elsa. Empujé el picaporte hacia abajo y abrí para darle la bienvenida. La sonrisa de mis labios se congeló en el acto.

—Hola, Olivia.

Antes de que pudiera reaccionar, *él* empujó la puerta y entró cerrando tras de sí. Las piernas se me aflojaron como si se hubieran vuelto de algodón.

—Te veo bien.

Un nudo me cerraba el estómago y el llanto hizo amago de asomar. Todos los miedos que creía haber desterrado acudieron de inmediato al llamado de su amo. *Él* se me acercó a un palmo de distancia y me miró de arriba abajo. Me cogió del mentón y me dijo:

—¿Pensabas que no te encontraría?, ¿que podrías alejarte de mí así, sin más? —En sus palabras se sentía un tremendo desprecio—. ¿Aún crees que puedes hacer cosas sin que me entere? —Noté las lágrimas rodando por mis mejillas.

Me soltó y comenzó a vagar por el salón mientras seguía hablando.

—Fue fácil dar contigo. A tu compañera, esa del colegio, le faltó tiempo para venir a contarme que te había visto con tu amante en la pizzería de ahí enfrente. Pasé muchas tardes sentado ante una *pizza,* esperando que volvieras. No lo hiciste, pero un día, ¡bingo!, te vi pasar con esa mujer del pelo rojo y entrar en el portal.

Mientras yo estaba paralizada, sin saber qué hacer ni qué decir, *él* deambulaba por la casa inspeccionando la habitación, luego el baño, como si estuviese buscando algo o a alguien.

—Bueno, y ahora dime, ¿dónde está?

Mi ansiedad aumentaba por momentos porque sabía la explosión que se avecinaba.

—¡Que me digas dónde está el desgraciado por el que me has dejado, puta! —dijo subiendo más y más el tono de su voz.

Sus gritos me aterraban, me retrotraían a mi vieja vida. No lo podía soportar. Todo me daba vueltas. Empecé a sentir náuseas.

Se acercó a mí amenazador. Instintivamente, me cubrí la cabeza con las manos. Resonó una carcajada.

—Haces bien en protegerte, aunque no te voy a pegar a pesar de que te lo mereces, y lo sabes muy bien. ¡Me humillaste delante de todos! ¡Me abandonaste como a un perro! —Sus ojos brillaban de ira—. ¡Soy tu marido! ¡Me debes respeto y obediencia! ¿No te daba todo lo que necesitabas? Y tú, ¿qué has hecho por mí? Ni siquiera un hijo has podido darme, que ni para eso vales.

Temblaba. Todo mi cuerpo se estremecía. Era una convulsión imparable, como si reaccionara a las palabras que *él* profería igual que si fuesen brasas que quemaran cada centímetro cuadrado de mi piel.

—Pero tú no tienes toda la culpa, eso lo sé bien. Tú eres y serás una puta por culpa de tu padre, ese desgraciado bueno para nada, y menos para ocuparse de las mujeres. Ni siquiera pudo mantener a tu madre con vida…

Cada palabra hiriente que *él* pronunciaba me hacía desaparecer un poco más; en breve me volvería invisible, como si nunca hubiera existido, como si mi vida no hubiese tenido ningún sentido. Mi huida y mi nuevo comienzo no habían servido para nada. Me iba a dar por vencida, lo sentía y me repugnaba, pero sabía que lo iba a hacer.

—Y pensar que el muy cabrón vino a suplicarme por su «niña» un día antes de que cayera en coma. Que te cuidara como es debido, me dijo. «Eso hago», le contesté, «ocuparme de ella como se merece». Porque así ha sido y así va a continuar siendo, ¿verdad, Olivia?

Se acercó a mí, mirándome fijamente. Bajé la cabeza y cerré los ojos. Las imágenes de mi vida con *él* fueron desfilando ante mí, mezclándose con la historia de Valentina, las palabras de Elsa, las conversaciones con Irma y Ángela, la visión de mi querido padre…

No, eso no iba a continuar siendo así. Una pequeña voz en mi interior comenzó a abrirse paso.

—Esto se acabó —me dije a mí misma en un susurro, negando con la cabeza y cerrando los puños hasta clavarme las uñas en la piel.

—¿Qué has dicho? —me preguntó desafiante, pegando su rostro a milímetros del mío. Sentía su aliento en mi cara.

—Digo que se acabó, que tú ya no eres nadie en mi vida y que te voy a destruir —dije esta vez en voz alta, mirándolo a los ojos.

Él levantó la mano como si fuese a abofetearme.

—¡Hazlo! —le jaleé retadora—. ¡Pégame! Usa lo único que tienes, lo único que sabes hacer.

Me miró atónito, como si no entendiera mis palabras.

—¡Golpéame, vamos! ¡Hazme daño! ¡Mátame! —*Él* seguía observándome sin comprender—. Puedes hacerlo, sé que puedes, que eres capaz. Pero eso será lo único que podrás hacerme. Porque nunca, nunca más, podrás volver a controlarme.

Era como si la fuerza de Valentina me hubiera poseído. Sentía una llama ardiente dentro de mí que me gritaba: «¡Basta!». Mi cabeza iba de una idea a otra con rapidez: pensaba en Valentina, en Irma, en mi querida Ángela, y sobre todo recordaba a papá. Era mi turno de batallar por mí, por ellas, por todas nosotras. Por mi padre.

El timbre volvió a sonar. Esta vez sí era Irma. Aproveché el instante de confusión para empujarlo y de un par de zancadas acercarme a la puerta. *Él* hizo ademán de impedirme el paso.

—Ya no te tengo miedo —le dije encarándolo con aplomo.

Y era verdad. Por fin pude abrir la reja de mi propia cárcel.

Epílogo

Irma y yo paseábamos por el parque donde solíamos llevar a jugar a Gabriel. El niño correteaba feliz detrás de una pelota mientras su madre le gritaba que tuviese cuidado de no atropellar a nadie. Nos sentamos en un banco: mi amiga estaba cansada, ya en la recta final de su embarazo.

Mi teléfono sonó, era Gálvez. Después de todo lo que habíamos pasado juntos, era como parte de la familia. Me llamaba para decirme que el propietario del apartamento en el que vivía de alquiler había aceptado la oferta de compra que le había hecho. Cuando colgué, Irma me miró expectante.

—Vamos, Oli, ¿entonces es un sí?

Sonreí y afirmé con la cabeza.

—¡Qué bueno! ¡Ahora sí que tengo niñera asegurada!

Me eché a reír. Sentí que llevaba toda una vida con ella, que todo mi pasado hasta que llegué a aquel piso había desaparecido; tan solo me quedaban los recuerdos de mi padre. El resto era un mal sueño, una pesadilla que, cada día que pasaba, se iba volviendo más y más borrosa.

En ese momento estaba donde debía estar, con las personas que quería y que me querían. Disfrutaba de ese regalo que Ángela me había dado: el deseo de vivir y de luchar por mí, sin dejar que nada ni nadie controlase mis actos. Además, Irma y yo nos habíamos hecho cargo del legado de nuestra difunta amiga, la Asociación MF que Valentina fundó, lo que nos mantenía aún más unidas y mucho más ocupadas, pero sobre todo felices de continuar con el combate que aquellas dos mujeres iniciaron hacía tanto tiempo.

Desde que tomé las riendas de mi vida, todo había cambiado. Estaba en trámites de divorcio, con el bueno de Gálvez en tribunales. Sabía que sería un camino largo, pero no me importaba, iba a pararle los pies a mi marido. Irma y Gonzalo se habían vuelto mis guardaespaldas, sobre todo este último, que pasaba por mi casa antes de irse a la suya para ver si todo iba bien y cerciorarse de que no había ninguna visita indeseada. Pero no la hubo. *Él* no se atrevió a volver. Aquella noche fue la última vez que nos encontramos solos frente a frente. Para eso ya me había encargado yo de ponerle una denuncia por todo lo que pude y más: maltrato psicológico, físico, acoso… Gálvez se despachó a gusto. A pesar de su aspecto remilgado, era alguien inflexible en estos casos. Se había convertido en nuestro mayor apoyo. Y creo que él veía en nosotras algo de la llama de nuestra extinta amiga. Irma y yo teníamos la teoría de que ellos dos habían sido amantes o, al menos, que él había estado enamorado de ella en secreto. Nunca lo sabríamos, pero percibíamos en el letrado la huella que Ángela dejaba en todos aquellos a los que tocaba. Y lo adoptamos, o él lo hizo con nosotras; bueno, tampoco eso lo sabremos.

—¡Tata Oli! —gritó Gabriel desde un rincón del parque para niños—. ¡Mira lo que hago!

Lo miré y le vi chutar con fuerza mientras gritaba: «¡Goool!». Irma y yo nos unimos a su aullido, como en una manada, y aplaudimos con fervor.

El sol brillaba en aquella tarde de primavera. Miré mis manos, tenía la palma enrojecida por la euforia de los aplausos. Recordé que ese primer día de mi fuga, cuando acababa de llegar al piso, también tenía la mano roja, marcada con las llaves de mi nueva casa por la fuerza con la que las apretaba en mi puño. Se sentía tan lejano…

FIN

Índice

Sobre la autora

Laura Sánchez Fernández (Madrid, 1967) es licenciada en Historia del Arte por la Universidad Autónoma de Madrid. Su pasión por la lectura y la escritura la llevó a realizar varios cursos de literatura creativa y novela corta, que culminaron en su primera obra, *La caja del tiempo.*

Ha sido profesora de Lengua Española en Rabat (Marruecos) y actualmente alterna literatura y fotografía en Asunción (Paraguay), donde reside desde 2017. En junio de 2022 realizó la exposición fotográfica «La plenitud de lo mínimo», con fotografías tomadas en dicha capital.